AF398454

TRE DAGAR I SEPTEMBER
Luna Miller

© 2016 Luna Miller

Förlag: BoD – Books on Demand, Stockholm, Sverige
Tryck: BoD – Books on Demand, Norderstedt, Tyskland
ISBN: 978-91-7463-041-1

FÖRSTA DAGEN

1.

Det var hög tid att dra igång projektet. På sistone hade Gabriel mest slasat omkring och gjort ingenting. Det var inte helt sant för han hade både hängt runt på polares vernissager, druckit alldeles för mycket rödvin och slickat såren efter det senaste förhållandet som gått i kras. Han hade också hunnit trösta sig med fler än en tillfällig bekantskap. Men som alltid när han inte målat på ett tag hade det nu börjat krypa i kroppen på honom.

Idén var redan klar. Så när stipendiet äntligen uppenbarat sig på hallgolvet fanns det inte längre några undanflykter. Redan samma dag köpte han de färger och dukar som behövdes och ett gäng riktigt fina penslar. Han ringde också till den gamla damen som ägde huset i Trosa som flera i hans ateljéförening brukade hyra. Det var perfekt då det låg avskild och hade en egen brygga vid havet.

"Tyvärr. Det är uthyrt hela hösten."
Han förbannade sig själv för att han inte ringt tidigare. Det hade ju hela tiden varit planen. Det han lutat sig mot när han drönat runt den senaste tiden. Att han minsann skulle dra iväg, bara jobba dygnet runt och få projektet klart på någon månad.

"Men jag har faktiskt ett litet torp strax norr om Ludvika också. Kan det vara något?"
Det tog emot att ställa om planerna från havet till inlandet. Han älskade havet och hade sett fram emot strandpromenader i de första höstvindarna till doften av tång. Men att prova en håla i Dalarna väckte också hans nyfikenhet. Eftersom han hade för vana att vända nosen mot Medelhavet under ledigheter har han inte sett så mycket av Sverige norr om Stockholm. Innerst inne trodde han väl inte heller att det var så mycket att se. Men han bestämde sig snabbt för att han i alla fall skulle ta reda på det. Det viktigast nu var ändå att han fick jobba i lugn och ro.

Redan samma dag hämtade han nyckeln, packade bilen och gav sig iväg. Men han tog en omväg förbi Örebro för att hälsa på några gamla polare som bodde tillsammans i en stor trävilla. Han hade sett fram emot att ta några bärs och prata gamla minnen men det visade sig att de bodde kollektivt med totalt tio personer från fem olika länder; Danmark, Holland, Italien, Sverige och så Örebro, som den amerikanske videokonstnären Tim vidhöll eftersom han aldrig känt sig så hemma som just i Örebro. Så det blev mer drag än vad han hade räknat med.

Efter många timmars ätande, drickande och högröstade samtal hade en av holländarna plockat fram gitarren och allsången var ett faktum. Önskemål om låtar duggade tätt och alla sjöng med i låtarna efter bästa förmåga. Trots protester var den energiske gitarristen tvungen att avbryta det hela efter någon timme p.g.a. sönderspelade fingrar. Det var väl ungefär då som vinet tog slut och de som bodde i kollektivet skramlade ihop alla skvättar av sprit som fanns i huset. Vilket visade sig vara rätt mycket. Så sugande på en whiskypinne eller två hade Gabriel hånglat lite smått med någon brud från Danmark. Mer än så hade det inte blivit eftersom hon aldrig slutade prata. Gabriel hade blivit uttråkad av hennes obegripliga snack, och alldeles för full, så han hade somnat ifrån allt i soffan.

När han vaknade nästa förmiddag var han rejält bakis. Huvudet dunkade, munnen var torr och hans trötta tankar snurrade självanklagande kring det faktum att han inte lärt sig att hoppa över den där spriten som alltid kommer fram på fester framåt morgontimmarna. Alla verkade vara i samma tillstånd så det var först framåt tvåtiden, när Tim och en tjej från Italien gick för att handla mat, som folk började röra på sig. Efter en lång dusch och flera timmars brunch kände han sig till slut kapabel att fortsätta sin resa. Så lagom till att resten av sällskapet började glida in i en fnissig salongsberusning, och den danska tjejen gått över till att hångla med en snubbe från Holland, kramade han om alla och gav sig iväg.

Det tog knappt två timmar mellan Örebro och Ludvika men eftersom det hunnit bli kväll innan han lämnade Örebro så var det mörkt sedan länge när han väl närmade sig Ludvika. Han tittade sig forskande omkring där han körde in mot den till synes öde småstaden. Ett stängt Dollarstore lockade med sin neonskylt bakom en mack.

Ett Mammons hus för de som inte har så mycket pengar, tänkte han för sig själv. *Märkligt med människans enorma drift att köpa, köpa, köpa,* filosoferade han vidare men insåg i samma andetag att det var just det som gjorde att han själv drog in en riktigt hyfsad inkomst. Även om han alltid hävdat att konst är nödvändigt för ett rikt liv förstod han ju också att om läget blev skarp och det handlade om ren överlevnad så kunde hans tavlor nog inte rädda någon.

Strax tronade ABB upp till vänster med höga, röda tegelbyggnader. På andra sidan vägen låg omaka villor tätt. Än "små lådor" i mexitegel, än röda trähus med vita knutar och mitt i allt ett hus i smaklöst lila. Vid en korvkiosk hade ett gäng ungdomar samlats runt en gammal raggarbil.

Kreativt nöje, tänkte han sarkastiskt för sig själv.

En meterhög dalahäst, mellan körfälten vid tågstationen, fick honom att skratta till och skaka på huvudet. Han hade svårt att förstå folks fascination över dessa gamla, nationalromantiska symboler men fick en tanke om att han kanske skulle låta sig inspireras av dalahästar den här veckan och jazza upp dem så de på ett bättre sätt speglade samtiden; stresshästar, lchf-hästar, pridehästar, revolutionshästar…. Han log nöjt för sig själv över idén.

Men då lär man ju bli bränd på bål, fastbunden vid en midsommarstång, tänkte han roat vidare.

Det mesta såg släckt och mörkt ut trots att det var fredag. Antagligen ingen nöjesmetropol att tala om. Men vad vet man? Att det går lugnare till på landet än i storstan hade han aldrig trott på men det var kanske svårt för en nykomling utan kontakter att hitta de vildaste festerna. Dessutom hade han ju kommit hit för att jobba med sitt projekt.

Trots att han kämpade emot dök den där återkommande känslan upp i honom. Han försökte avstyra det men känslan tog ingen hänsyn utan slog honom med sin vanliga kraft. Denna längtan. På gränsen till ångest. Längtan efter något, någon…

Han drog på värmen i Amazonen. Det började bli kyligt och fönstren immade envist igen. Han gillade egentligen inte att ha för mycket värme på när han körde ensam då den varma luften

7

tenderade att göra honom sömnig och okoncentrerad. Men eftersom han strax skulle vara framme så skulle det inte hinna påverka honom alltför påtagligt.

När han svängt vänster i den öde rondellen fick han syn på en man som sprang efter en kvinna. När mannen hunnit ikapp henne såg det ut som om han kastade sig över henne med en kraft som fick kvinnan ur balans. Hon höll på att falla bakåt och hennes huvud slog i en lyktstolpe. Han saktade in bilen, rädd för att vara vittne till någon typ av överfall. Men då mannen och kvinnan gått över till att kyssa varandra gasade han på och lät paret försvinna i mörkret bakom sig.

Väl ute på landsvägen mot Borlänge, på andra sidan Ludvika, kastade han ett öga på kilometerräknaren. Efter fyra kilometer i mörkret tog han av till höger på en lätt igenvuxen väg, fortsatte uppför en backe och anlände till huset, allt enligt instruktionerna. När han parkerat blev det genast mörkt och tyst. Han stirrade ut i det mörka, i ett försök att vänja ögonen, medan han tände en cigarett. Det smakade honom egentligen inte men kroppens längtan efter nikotin blev tillfredsställt så det kändes ändå behagligt.

Kvällen var kall. I Stockholm hade känslan av sensommar hängt sig kvar. Men här var det tydligt att september var en höstmånad. Det kändes ändå skönt och uppfriskande med den kyliga kvällen efter att ha suttit så länge i bilen. När han stigit ut och sträckte på den lite stela kroppen fastnade blicken för en stund på den mörka, klara himlen där stjärnorna gnistrade som ädelstenar. Så här långt från storstadens ljus blev himlen så mycket intensivare. Och tystnaden. Inga ljud av bilar eller människor. Inget tutande, inget skratt eller skrålande, inget tickande från övergångsställen, inga sirener i fjärran.

När han trampat ut fimpen mot den kalla marken rörde han sig försiktigt och trevande genom det kompakta mörkret. Han kände sig fram till dörren och lyckades få nyckeln i låset som var lite trögt.

"Ta bara inte i för hårt, då går det aldrig upp", upprepade han för sig själv.

Det blev några vändor innan han fått in alla dukar, färger och penslar. När han radat upp allt längs ena väggen i rummet gick han en sista sväng till bilen och blev stående en stund igen.

Denna tystnad. Både underbar och skrämmande. Där och då tog han ett beslut. Han plockade fram sin mobil ur innerfickan och stängde av den, utan att kolla om han fått några mess eller om någon försökt ringa honom. När han lagt den i handskfacket, stängde och låste han bilen.

Så där. Nu är kontakten med den riktiga världen bruten för ett tag. Nu borde jag väl få något gjort.

Så fyllde han lungorna med den kalla luften och tittade upp mot himlen en sista gång innan han gick in och omsorgsfullt låste dörren bakom sig.

Han hängde upp sin nya rock och hatt från Filippa K på en krok i hallen men behöll sina svarta sneakers på när han tittade sig runt lite extra noga i stugan. Det var snart gjort för den bestod bara av ett kök, ett badrum och så rummet där det fanns både säng och soffgrupp. Det låg en trave med ved bredvid den vitkalkade spisen så han tände en brasa, tog sig en ljummen mellanöl och satte sig på trasmattan för att komma nära den värmande elden. Eldskenet dansade över hans ansikte och glimmade i det mörkbruna, halvlånga håret. Han kliade sig frånvarande i skäggstubben en stund innan han bestämde sig för att lägga på en klabbe till. När det var gjort blev han sittande en lång stund medan elden långsamt värmde upp rummet.

2.

"Två Calzone, en Vesuvio och tre stora stark. Skynda på med ölen. De här tjejerna börjar klaga om den inte serveras direkt." Lea som kommit infarande i köket med famnen full av smutsiga tallrikar sköljde genast av dem och ställde dem i diskbacken. När hon var klar tittade hon på Johan som inte visade något som helst tecken på att ha hört hennes beställning. "Hörde du?"

"Ja, jag är väl inte döv heller." Sin vana trogen förberedde han sig genom att baka ut ett antal pizzabottnar. Hans rörelser var långsamma och metodiska. Trots att det redan låg fyra bottnar, klara att fyllas, bakade han ut ytterligare en. Sedan öste han tomatsås på tre av dem med en träsked medan Lea bara stirrade på honom.

"Varför svarar du inte, då?" Lea kände irritationen komma krypande som så många gånger förr. Det var inte första gången han lät henne vänta på svar. Att han dessutom inte visade någon som helst respons på hennes önskan om att skynda på med ölen gjorde inte saken bättre. Om ölkranen inte hade stått så omaka till hade hon naturligtvis gjort det själv. Men eftersom hon i så fall måste krångla sig förbi Johan, mellan bakbordet och ugnen, för att komma åt den brukade alltid Johan hälla upp ölen. Han var inte heller så förtjust i att ha Lea i sitt köksrevir.

"Men sluta gnäll." Hans röst var samlad och han avslutade meningen med en precis hörbar suck.

"Jag fattar verkligen inte hur du kan uppfatta det som gnäll när jag skickar vidare en beställning. Det är väl din restaurang? I ditt intresse att kunderna är nöjda? Eller?"

"Du bossar så in i helvete. Gör det! Gör det! Gör det! Gör det själv, för fan!" Med ens hade Johan brusat upp och fräste ur sig orden. Han avslutade med att slå handen i bakbordet samtidigt som han stirrade arg på henne. Så vek han undan blicken, sträckte sig efter sina cigaretter och marscherar demonstrativt iväg ut ur köket. Lea tittade ner i golvet när han passerade för att dölja tårarna som var på väg.

När Johan försvunnit ut genom dörren blinkade hon intensivt och drog in några djupa, lugnande andetag. I spegeln ovanför handfatet kunde hon se att de gröna ögonen såg ledsna, men inte gråtblanka, ut. En slinga av det mörkbruna håret hade smitit ur hästsvansen så hon drog av hårsnodden, grabbade tag i borsten som låg på en liten hylla bredvid handfatet, och satte upp håret igen. Sedan drog hon med pekfingrarna på undersidan av båda ögonen för att torka bort det lilla av den svarta mascaran som runnit. Knappt synbart, men hon kände sig bättre till mods när det var fixat.

När hon startat diskmaskinen gick hon in bakom bakbordet för att fixa ölen. Hon drack några klunkar ur det första glaset och fyllde sedan på det efter att ha kollat noga så att det inte fanns några spår kvar av hennes läppar. På vägen ut i restaurangen anade hon Johan i ögonvrån. Han stod vid sin vanliga rastplats, vid fönstret bredvid toaletten, där han brukade röka en cigarett några gånger per kväll. En sorgsen känsla kom över henne när hon gick förbi utan att titta åt honom. Inte för att hon hade det minsta lust och inte för att det på något sätt skulle varit en naturlig följd av det lilla drama som just utspelat sig. Utan för att hon saknade den tiden då de alltid hade en blick och ett leende för varandra. En känsla av uppgivenhet malde i magen när hon ställde ut ölen till de tre kvinnorna.

"Jaha, det gick ju fortare i dag än sist" sa en av dem.

Kvinnorna var, som hon själv, i slutet av tjugoårsåldern. Lea kände väl igen dem då de brukade dyka upp minst ett par gånger i veckan. Ibland för att äta men oftast bara för att dricka öl.

"Med ge dig, Anna". En av väninnorna fräste ifrån och vände sig sedan mot Lea. "Skit i henne. Hon har vaknat på fel sida idag. Igen. Jag tycker er restaurang är mysig." Hennes leende var öppet och ärligt och hon tittade rakt in i Leas ögon utan att vika med blicken.

"Tack." Lea försökte se trevlig och tillmötesgående ut men det kändes inte som det gick helt bra.

Vid bordet bredvid ville de beställa och vid ett annat bord ville de betala. När hon var åter i köket var Johan tillbaka på sin plats vid bakbordet. Hon sa bara beställningen rakt ut i luften, utan att titta på honom.

”Två quatro till trean.” Efter att ha hällt upp två glas rödvin gick hon ut i restaurangen igen. Efter att paret vid bort tre fått sitt vin verkade alla vara nöjda för tillfället så hon tog de få trappstegen ner till ytterdörren, tryckte upp den och gick ut och ställde sig en stund där utanför.

Hade hon rökt hade detta varit ett bra tillfälle. Då skulle det ha känts befogat att stå där en stund. Nu kändes det mest eländigt. Men trots det dröjde hon sig kvar.

Klockan var i det närmaste sju och mörkret var på intåg. Snart skulle Niklas komma. Niklas, som ursprungligen var kompis med Johan, hade jobbat på restaurangen sedan Johan tog över den för tre år sedan. Ett år senare hade Lea också börjat jobba där. Det var ungefär samtidigt som hon flyttat in i Johans trerummare. Hon hade precis avslutat en skrivarkurs på en folkhögskola i Värmland och var både villrådig inför framtiden och i behov av pengar. Eftersom hon och Johan då hade varit ett par i ungefär ett halvår hade det varit ett enda stort lyckorus att både jobba och bo tillsammans. Jobbet var egentligen tänkt som en tillfällig lösning men Leas planer på att plugga vidare låg fortfarande på is. Även lyckoruset hade flyttat till kallare breddgrader.

Hon och Niklas hade gjort upp att hon kunde gå hem tidigare i kväll om det funkade. Den här fredagskvällen spelade ett lokalt band på ett av Ludvikas få nöjesställen, rockklubben Silver Dollar, så det skulle med största sannolikhet bli en lugn kväll för deras del.

Det var kyligt ute i höstkvällen. Lea ryste till. Så tittade hon upp mot den mörknande himlen, och de stjärnor som blivit synliga, och blev stående så en stund innan hon gick tillbaka in i restaurangen.

3.

Johan drog djupa bloss på cigaretten. *Fan, att det alltid blir så här,* tänkte han. Han älskade Lea men samtidigt irriterade hon honom något så vansinnigt. Det var omöjligt för honom att sätta fingret på vad det egentligen handlade om. Men det var något med hennes intensitet och engagemang i minsta lilla fråga. Hennes oförmåga att låta småsaker passera. Samma egenskaper som en gång gjort att han fallit för henne och som bottnade i ett skarp intellekt tillsammans med ett patos som skiljde henne från de tjejer han hängde med innan hon klev in i hans liv. Även om han själv kunde se hur galet det var att dra upp himmel och jord, utan någon egentlig anledning, kunde han inte stoppa det. Som det som nyss hände i köket.

Så jävla onödigt. Faaan!

Han tittade snabbt bort när han såg Lea komma ut från köket. I ögonvrån kunde han ändå notera att hon inte bevärdigade honom med en blick. *Jävla snobb,* hann han tänka innan han, sekunden efter, suckade över sin egen reaktion.

Så fick han syn på Anna som just fick sin öl serverad av Lea. Anna var riktigt snygg. Lite väl korkad kanske. Och alldeles för lätt att få i säng efter vad han förstått. Han hade ju också själv sett henne hångla med ett antal snubbar här på restaurangen.

Men hon har riktigt schyssta bröst.

På festen tidigare i veckan hade hon kommit fram och pratat. Faktum var att de hade pratat en ganska lång stund. Egentligen inte om något särskilt men han hade inte kunnat glömma hur hon, till synes i förbifarten, berättat för honom att hon inte behövde använda bh eftersom hennes bröst var så fasta. Efter det hade hans fokus legat på att kolla in hennes bröst utan att hon märkte det. Och visst. Han hade sett konturerna av hennes bröstvårtor genom det tunna tyget i hennes klänning. Förslaget om att de skulle gå ut på balkongen för att röka hade så klart också handlat om det. För den kyliga kvällen hade som förväntat fått Anna att huttra till.

”Ska jag värma dem”, hade han sagt på skämt och tittat menande på hennes bröst.

”Gärna.”

Hon hade svarat utan att tveka. Men inget mer hade hänt eftersom balkongdörren öppnats i samma sekund och några andra från festen kommit ut för att röka. Själv hade han fimpat och gått in igen.

När Lea gick från tjejernas bord tittade Anna bort mot Johan. Hon log och han lyfte handen till hälsning innan han reste sig, stängde fönstret och gick tillbaka ut i köket.

4.

När Lea gick ut i köket för att se om det var dags att servera tjejernas pizzor stod Johan vid vasken och tvättade händerna. När han torkade sig tittade han på henne och sa:

”Kan du inte sluta sura nu? Det är så tråkigt när du är så där.” Han sträckte lite trevande ut sin hand mot henne och när hon inte backade undan drog han in henne i en kram. När han märkte på hennes andetag att hon gjorde en ansats att säga något skyndade han sig att lägga sina läppar mot hennes. Det tog inte lång tid innan hon besvarade kyssen. Men när han drog upp hennes kjol och lät handen leta sig innanför troskanten backade Lea ur hans grepp.

”Niklas kommer när som helst”, sa hon och drog ner kjolen. Men nu hade hon i alla fall ett leende på läpparna.

”Han är vuxen. Han klarar nog av att se både det ena och det andra.” Johan var nöjd att se Lea glad igen men kunde inte låta bli att retas.

”Det gör han säkert. Men jag har mina gränser. Jag tar en öl i stället om det går för sig.” Johan tog ut pizzorna ur ugnen innan han hällde upp öl till dem båda. Lea inväntade sin öl och drack några klunkar innan hon vant tog de tre pizzorna och gick för att servera dem.

Tillbaka i köket kände hon sig bättre till mods. Hon visste att hon och Johan inte kunde prata ut om tjafset. Om hon skulle säga vad hon tyckte om hans dryga sätt mot henne skulle de snabbt vara i luven på varandra igen. Så hon lät det vara och kände sig ändå ganska nöjd med att han faktiskt tagit initiativet till att det blev bra mellan dem. Istället drack hon av ölen och pratade om filmerna hon tänkte se när hon slutade för dagen.

”Fan, jag älskar verkligen Jim Jarmusch filmer. Så kul att Niklas gör det också. Jag tror du skulle gilla dem med. Jag förstår faktiskt inte varför du inte vill.”

”Jag vill visst. Det är bara det att när du frågat så har jag inte haft tid eller lust. Vilken ska du kolla på ikväll?”

”Jag hade tänkt hinna med två. Down by law och Mystery train. Men jag kan nöja mig med en om du vill kolla på något annat när du kommer hem.

Samtalet avbröts när Niklas klev in i köket, kramade om Lea och lyfte handen i en hälsning till Johan.

”Det är lugnt ikväll ser jag. Det blir nog inte vildare än så här heller. Jag gick förbi Silver Dollar på vägen hit och där är det fullt tryck redan.” Niklas pratade samtidigt som han hängde av sig jackan och rättade till sin vita skjorta. ”Du kan gå hem om du vill, Lea.”

”Ok. Tack. Jag ska bara dricka min öl.” Lea höjde sitt glas till en skål innan hon drack. ”Du kan säkert också gå tidigt, Johan. Ska jag vänta med att börja kolla film tills du kommer hem? Vi kan kolla på något annat om du vill. Jag kan ägna mig åt min Jarmuch-fixering en annan dag.” Lea tittade förväntansfullt på Johan som lyfte sitt glas och drack innan han svarade.

”Nej, inte för min skull. Jag tänkte dra till Silver Dollar sen. Kolla in bandet.”

”Men vi ska ju gå ut i morgon. Varför har du inte sagt att du ska gå ut ikväll?” Lea tittade förvånat på honom.

”För att det blir sådant gnäll”.

Orden skar som knivar i Lea. Det kändes vansinnigt orättvist men samtidigt lite sant. På sista tiden hade hon allt oftare blivit på dåligt humör och konfronterat Johan om både den ena och det andra. Men varje gång hade faktiskt Johan själv varit orsaken till det. På det senaste hade han ändrat eller glömt saker de bestämt för att sedan skylla på henne.

”Och imorgon ska jag hem till pappa. Han ska hjälpa mig med bokföringen. Du vet hur han är. Han vill att jag tar med vodka så vi kan grogga och snacka skit. Niklas tar köket imorgon.”

Lea tittade på Niklas.

”Jag trodde du visste…” var allt Niklas hann få ur sig innan Johan avbröt.

”Men vad är grejen? Det är inte jordens undergång. Det är bara att vi går ut en annan dag istället. Jag måste vara schysst mot pappa eftersom han ställer upp och hjälper mig. Eller hur?” Johans röst var vass igen.

16

Lea svarade inte. Hon lyfte sin öl och drack istället. Niklas försvann ut i restaurangen och Lea ställde ifrån sig sin halvt urdruckna öl, tog av sig förklädet, hängde det på sin krok och tog på sig sin svarta parkas och gröna sjal utan ett ord. Så tittade hon till slut upp på Johan, som vänt ryggen åt henne. Med ett "ses senare då", som inte fick något svar, försvann hon ut ur köket. I restaurangen dukade Niklas av ett bord men ställde ifrån sig allt, när Lea kom från köket, och gick efter henne ut.

"Jag är ledsen…" började han när ytterdörren slagit igen efter dem.

"Du har inget att vara ledsen för. Det är Johan som är en idiot", svarade Lea med ett sorgset leende.

"Hmm." Han smekte henne ömt över kinden. Lea såg på honom och det kändes redan lite bättre.

"Du är bäst, Niklas", sa hon och kramade om honom innan hon gav sig av hemåt.

Nej, tänkte Niklas. *Du är bäst.* Han såg efter henne tills hon försvann in på en sidogata. Så suckade han djupt och han gick tillbaka in i restaurangen.

5.

”Fan, Anna!” Även om det inte var oväntat kände Kessa genast klumpen i magen när hon mötte Annas dimmiga blick i dörröppningen. Anna svajade till när hon backade in i hallen för att lämna plats åt Kessa. Hon i sin tur stängde dörren bakom sig, drog av sig manchesterkavajen, som hon lyckats tjata till sig av sin pappa, och klev ur sina nya, vita Nikeskor utan att knyta upp skosnörena.

”Bestämde vi inte att vi bara skulle dricka på lokal ikväll? Hade vi inte en lång, jävla diskussion i går morse efter att du kräkts upp hela onsdagskvällen?”

”Det är så skönt att ta ett glas vin när man fixar i ordning sig. Och det här vinet är så gott.” För att betona den kulinariska upplevelsen lyfte Anna vinglaset till näsan och drog in doften i näsborrarna.

”Och sedan när uppskattar du kvalitet framför kvantitet?”

Anna ignorerade Kessas syrliga kommentar och försvann ut mot badrummet.

”Ta ett glas om du vill. Det finns lite kvar. Jag måste kolla sminket en sista gång.”

Kessa gick ut i köket och upptäckte en i stort sett tom vinflaska. Det sista i flaskan fyllde ett halvt glas som hon genast klunkade i sig efter att ha mumlat för sig själv:

”Med betoning på lite.”

”När kommer Mari?” undrade Anna från badrummet. Sekunden efter rycktes ytterdörren upp.

”Hon kommer nu”, svarade Kessa lägligt. ”Hej Mari.”

”Hej ditt gamla luder”, ropade Mari från hallen när hon hängde av sig jackan. När hon gått hemifrån hade hon haft ett sjå att få på sig de nya stövlarna med sylvassa klackar eftersom hennes vader egentligen var lite för breda för dem. Hon var inte var beredd att ta den kampen igen, så här tätt inpå den förra, så hon ropade till Anna.

”Jag går in med skorna på för jag tänker fan inte brottas med de här dragkedjorna en gång till idag. Hoppas det är okay, Anna. Annars får du döda mig.” Hon var precis klar med sin utläggning när hon kikade in i badrummet med ett leende. Anna log tillbaka och kollade in stövlarna.

"Det är okej för den här gången. Men bara för att det är så snygga stövlar och för att du så gärna vill låna ut dem till mig efter det här."

"Bra där."

Mari fortsatte ut till Kessa i köket.

"Hallå puman." Hon blinkade till Kessa.

"Hej, snygging."

"Nej, men titta här. En tom vinare." Mari pekade på den urdruckna flaskan. "Schyssta polare man har. Delar lika och allt det där. Tänk inte på mig. Jag har faktiskt blivit nykterist sedan sist. Det verkar så onödigt att supa, tycker jag. Vi måste lära oss att umgås utan sprit."

Kessa tittade roat på Mari när hon drog sin ironiska monolog. Sedan replikerade hon snabbt.

"Men vi har ju redan provat det en gång. Det var ju inget kul."

"Just ja. Det hade jag nästan lyckats förtränga. Skynda er brudar så jag kan få i mig en öl innan samtalsämnena sinar." Mari försökte se desperat ut och Kessa hängde på och anlade en panikslagen min.

"Det är nog ingen risk för dig", hördes Annas röst från badrummet. "Men jag är färdig nu så vi kan gå."

Det hördes en duns från badrummet när Anna välte ner något på golvet. Mari och Kessa tittade menande på varandra och Kessa visade med en gest att Anna var full. Mari hann himla med ögonen till svar innan alla tre gick ut i hallen för att dra på sig ytterkläderna och påbörja den korta promenaden ner mot centrum.

"Ska vi gå till kina-krogen i dag", undrade Mari och tittade på sina vänner.

"Nej, jag vill ha pizza", svarade Anna lite väl snabbt.

"Jag vill ha pizzabagare, heter det väl", snärtade Mari till med.

"Har du inte gett upp den där Johan än", suckade Kessa. "Jag tror inte du ska ta hans flirtande på för stort allvar. Han har faktiskt en flickvän". Kessa försökte vara lugn och pedagogisk fast hon egentligen var innerligt trött på Annas jakt efter hopplösa karlar.

19

Den här killen hade hon nu pratat om, oavbrutet, i tre veckor. Inget hade hänt mellan dem och varje gång Anna förde honom på tal försökte Kessa påtala vikten av kvinnlig solidaritet, d.v.s. att man ska ge fan i andra kvinnors män.

"I onsdags, på Freddes fest, frågade han i alla fall om jag skulle komma till restaurangen i helgen." Anna var förnärmad trots att hon visste att hon inte kunde vänta sig medhåll av sina väninnor vad gällde Johan.

"Ja, ja. Man behöver ju inte precis vara medlem i Mensa för att räkna ut att du ska dit. Vi är ju fan jämt där. Dessutom tjänar han pengar på att du kommer dit, eller hur? Han bjöd inte precis in dig på en speciallagad middag för två med levande ljus och champagne. Nä. Han bakar din pizza och du betalar." Mari var också trött på Annas tjat om män som ändå inte var något att ha.

"Ni fattar ju inte." Anna snäste surt av Mari.

"Det är du som inte fattar. Varför måste du jämt söka upp problem? Jag menar, de har ju en jävla förmåga att hitta dig ändå." Kessa röt till för hon hade fått nog av Annas dumheter.

En tryckande tystnad trängde ner över den lilla skaran den sista biten de hade kvar att promenera. Men hur det än var så lät de Anna vinna och styrde stegen mot pizzerian. Väl inne på restaurangen slängde Anna sin kappa på en stol, bad väninnorna beställa öl och Vesuvio till henne och spatserade iväg till toa.

"Orka," sa Mari och stönade högt. Mer hann hon inte säga innan servitrisen stod vid deras bord, redo att ta deras beställning.

"Två Calzone, en Vesuvio och tre stora stark."
Servitrisen nickade och gick ut i köket.

"Drack Anna allt vin själv?" Mari återgick till samtalsämnet när de blev ensamma igen.

"Jag tog de sista dropparna. Ja, du ser ju själv."

Kessa nickade diskret mot toaletterna så Mari skulle förstå att Anna var på väg tillbaka.

"Har ni beställt?"

"Ja."

Precis när Anna satt sig tillrätta såg hon Johan komma ut ur köket, gå bort till fönstret bredvid toaletten och tända en cigg. Han verkade lite frånvarande.

Jävla oflyt, tänkte Anna. *Jag missade honom med några sekunder. Hoppas han kollar hitåt så han ser att jag är här.*

"Ska du inte bara ta och skita i honom", väste Kessa och puttade diskret till Anna som kände sig tagen på bar gärning och fräste till svar.

"Jag kollade faktiskt bara efter den där jävla servitrisen. Hur lång tid kan det ta att hälla upp tre öl?"

"Det har inte gått lång tid, vi har inte bråttom och du har redan druckit en vinare. Så vad är problemet?"

Mari höjde rösten och spände blicken i Anna som surmulet och demonstrativt vände bort blicken. Hon tittade bort mot Johan igen men då öppnades dörren till köket och skymde sikten. Det var servitrisen som kom med deras öl. När hon ställde ut glasen framför dem slängde Anna ur sig, med en syrlig ton:

"Jaha, det gick ju fortare i dag än sist." Hon tittade nästan uppkäftigt mot servitrisen.

"Men ge dig Anna", snäste Kessa och vände sig mot servitrisen. "Skit i henne. Hon har vaknat på fel sida idag. Igen. Jag tycker er restaurang är mysig." Hon försökte le så trevligt hon bara kunde.

"Tack", svarade servitrisen kort och verkade inte särskilt övertygad.

"Men vad är det för fel dig?" väste Kessa till Anna. "Du är så jävla barnslig när du beter dig på det här viset. Nej förresten, ursäkta alla barn. Anna är mycket otrevligare eftersom hon faktiskt förväntas agera vuxet." Kessa dramatiserade att hon vände sig mot en tänkt skara av barn, med de sista meningarna, innan hon vände sig tillbaka mot Anna. "Om du inte skärper dig kommer det sluta med att vi blir portade. Vilket kanske inte skulle vara så dåligt när man tänker närmare på det."

Det blev tyst efter Kessas utspel. Så länge att Kessa på allvar började fundera på om Anna lyssnat den här gången och kanske till och med begrundade det hon sagt. Men Anna hade fått ögonkontakt med Johan och allt annat bleknade bort för några sekunder. Hon log mot honom och han svarade med att vinka. Ögonblicket var snart över då han reste sig, stängde fönstret och gick ut i köket. Då svarade Anna på Kessas kommentar:

"Det är faktiskt inte hennes restaurang." Annas röst var trotsig och i nästa andetag svepte hon en tredjedel av sin öl.

"Det är faktiskt inte hennes fel att du är intresserad av hennes snubbe."

"Jag tycker i alla fall att hon är en bitch."

"Och hon lär ju tycka att du är en bitch. Vilket jag är benägen att hålla med om. Skärpning!" Kessa kunde inte hålla käften när Anna var så uppenbart jävla dum. Men hon var samtidigt oändligt trött på att höra sin egen, uppfostrande röst.

Efter en stunds jobbig tystnad gjorde Mari ett försök att byta samtalsämne för att få en bättre stämning.

"Fan, vad hungrig jag är. Jag missade lunchen idag och tänkte att det inte skulle vara några problem. Men shit, vad skakig man blir."

"Jag har käkat en rejäl lunch. Men det var typ före 11 så det hjälper ju inte så mycket nu." Kessa hängde på för hon orkade inte heller med mer bråk.

"Jag har inte ätit någonting idag vad jag kan minnas" hävde Anna ur sig. När Kessa höjde på ögonbrynen lade hon till:

"Förutom en flaska vin då, förstås. Jo, och så lite chips."

Kessa och Mari kunde inte låta bli att le när Anna fnissade åt det hon just sagt.

"Chips och vin. Jag fattar inte varför just du har förärats en kropp som kan äta vad skit som helst och ändå se ut som om du typ lever på morötter. Som jag måste göra för att hålla mig smal."

Kessa tänkte att det nog var för att Anna så ofta spydde upp den skit hon ätit och druckit medan Mari på det senaste ägnat sig allt mer åt goda middagar med kärleken. Men hon lät det vara osagt.

Strax efter att de fått sina pizzor kom killen som jobbar som servitör in genom dörren. Han hejade på tjejerna och ett sällskap vid ett annat bord innan han försvann in i köket.

"Men han då? Kan du inte ta honom istället. Han är både snygg och singel." Mari tittade förväntansfullt på Anna innan hon vände blicken mot Kessa.

"Eller han kanske är något för dig?"

"Han är både snygg och verkar trevlig. Men du vet ju hur det är. Jag hugger inte frivilligt på någon från Ludvika." Kessa var bestämd på den punkten.

"Är det inte dags att släppa på den principen?"

"Skulle inte tro det. Särskilt inte för en servitör. Ursäkta mig, men jag vill nog ha en man med lite mer ambitioner. Och någon som inte får totalpanik av feminism. Han är säkert som alla andra karlar i Dalarna. Alltså en som bara gillar söta prinsessor med långt hår, urringat och röda läppar. Med andra ord någon av er." Kessa drog demonstrativt handen över sitt kortsnaggade hår.

"Det är inte så säkert. Det kan ju vara så att han har en hemlig dröm om en osminkad kvinna som klär sig i herrkläder." Mari log retsamt. "Nej, skämt åsido. Det är klart att det finns massor av män, även i Ludvika, som skulle falla för dig om du bara tillät det. Du är ju jättesöt. Lite mascara och urringat kanske faktiskt skulle underlätta."

"Don't you go there." Kessa stoppade demonstrativt fingrarna i öronen. "Skicka honom på Anna istället. Hon behöver en bra man, for a change."

Anna bara skakade på huvudet till svar.

"Nej, så klart. Han är antagligen helt okomplicerad. Tänkte inte på det." Mari kunde inte hejda sin syrliga kommentar.

"Men på allvar. Är man intresserad av någon är det inte bara att byta hur som helst. Eller hur?" Anna himlade med ögonen som om de var extremt tröga och faktiskt inte fattade det mest självklara.

Kessa och Mari utbytte trötta blickar innan Mari svarade lite väl vasst.

"Det har väl aldrig varit problem för dig. Kille som kille."

Anna hann slänga en sur blick på Mari innan Kessa lade sig i.

"Det är faktiskt sant, Anna. Du får ursäkta ärligheten men du har aldrig haft problem med att gå från den ena till den andra. Dina val av sängkamrat har inte alltid varit de bästa men det här är faktiskt extremt dåligt. Det är inte okej att jaga andras pojkvänner. Och om du skulle lyckas ragga upp honom så kommer det att sluta olyckligt för minst en av er. Nämligen dig. Eftersom halva Ludvika kommer att hata dig efter det. Och tro mig, det är mer än du orkar med. Så varför inte göra en kraftansträngning för att byta fokus till någon som faktiskt är singel?"

"Men var inte så sur. Du tjatar värre än min morsa. Jag har ju inte gjort något." Anna lät som en trotsig tonåring.

"Nej, men du vill."

"Men ragga själv på den där singelsnubben om det nu är så viktigt."

"Som du säkert förstår så är det inte viktigt för mig att någon, överhuvudtaget, raggar. Jag ville bara ge dig ett råd, från hjärtat, att satsa på någon som själv letar efter kärleken." Trots att Kessa var superirriterad på Anna ville hon att hon skulle förstå.

"Om inte ni ska ha honom så kanske jag tar honom." Med ett brett smil på läpparna lade sig Mari åter i dispyten.

"Du tror att du är så harmonisk för att den där muppen kommer smygande och sätter på dig ibland." Kessa släppte tacksamt den uppfostrande rollen och gav sig på att skoja med Mari istället. Hon hade ännu inte sagt sista ordet om det med att flirta med andras pojkvänner men hon visste att det inte skulle leda till annat än irritation just nu. Anna var redan för berusad för att kunna ta till sig saker på ett vettigt sätt i alla fall.

"Muppen! Det var det jävligaste." Mari dramatiserade, sin vana trogen, lite extra och gapade förnärmat.

"Han är ju en mupp. Men han är fin, det erkänner jag. Herr Veterinär."

"Jag fattar inte att ni har lyckats bli ihop", sa Anna fundersamt. "Ni är ju så otroligt olika. Han är så oförstörd på något sätt."

"Till skillnad från mig då?" Mari fortsatte spela förnärmad.

"Precis", flikade Kessa in.

"Du förstår väl vad jag menar? Han är som en bondpojke. Blyg och naiv, men så himla gullig. Det är som *Hem till Gården* eller något i den stilen. Den oskuldsfulle veterinären möter den erfarna kvinnan som lär honom allt om livets mysterier."

24

Kessa illustrerade fräckt Annas kommentar genom att forma ena handens tumme och pekfinger till en cirkel och föra det andra pekfingret in och ut.

”Kessa. Vi är faktiskt på restaurang.” Mari tittade med spelad stränghet på Kessa men fortsatte sedan glatt.

”När vi är ensamma är han faktiskt varken naiv eller blyg.” Mari himlade menande med ögonen.

”Är det säkert? Jag trodde han var som en kanin. Släckte ljuset och gjorde det på 15 sekunder”, svarade Kessa med stor övertygelse.

”Brukar kaniner släcka ljuset?” Anna log nöjt åt sitt skämt och sedan var de fast i ett samtal om sex, lampor och kaniner.

Strax efter att de ätit upp och fått en ny omgång öl serverat klev Veterinären, alias Mark, in genom de icke alltför glamorösa dörrarna till pizzerian. Maris mage slog en volt, som alltid när hon såg sin Mark.

”Hej, vad tidig du är.” Maris ögon glittrade när Mark kom fram till deras bord.

”Det är ju fredag. Jag orkade inte längre.” Mark satte sig och pussade Mari ömt på munnen. ”När alla sjuka djur var omplåstrade och tröstade och det var dags för pappersarbetet gav jag upp. Men det kommer inte att sköta sig själv så jag måste jobba imorgon.” Mark såg lite trött ut när han sa det.

”Och så måste jag kolla några av hästarna i stallet. Man misstänker att flera av dem har problem med hovarna.”

”Vill du ha en öl?” Mari föste sin öl mot honom.

”Nej, jag har bilen. Faktum är att jag tänkte att vi kunde åka hem till dig eller mig. Jag har en överraskning.”

Mari log sitt allra ljuvligaste leende som svar.

”Ja”, jublade Kessa. ”Jag älskar överraskningar.” När Mark tittade förvirrat på henne började alla skratta.

”Hon bara skojar”, förklarade Anna. ”Hon fattar att hon inte är bjuden. Det säger ju sig själv att det är helt tillräckligt med dig, mig och Mari.”

"Det är bäst att vi skyndar oss innan vi får någon av mina okänsliga kamrater på halsen." Mari tog upp sin plånbok, lade pengar för pizzan och ölen på bordet och reste sig.

Mark log mot tjejerna och reste sig också.

"Men din öl, då?" sa han i ett försök att verka artig trots att han inte kunde bli ensam med Mari fort nog.

"Den får du, Kessa." Mari ställde ölen framför Kessa. "Så får du en möjlighet att hinna ikapp vår törstiga väninna. Inte för att jag egentligen tror att det är möjligt. Men du måste i alla fall få en ärlig chans.

"Tack för stödet." Kessa skickade iväg en slängkyss efter Mari. "Ha det så trevligt, era monster."

"Ha det bra själva. Vi hörs." De vinkade och var sedan på väg.

Anna och Kessa suckade båda avundsjukt när Mari försvann med Mark i den sena kvällen.

"Vad de ser kära ut. Man blir helt matt. Jag undrar när en sådan man ska kliva in i mitt liv?" Kessa trodde egentligen, helt uppgivet, att det aldrig skulle hända.

"Man får väl hjälpa dem på traven", föreslog Anna.

"Vad då på traven? Vad menar du?"

"Jag måste gå på toa." Anna reste sig plötsligt och gick mot toaletten som låg vägg i vägg med köket. Kessa tittade efter henne samtidigt som hon med stort tvivel funderade över utsikterna för att bli kär. Just som Anna passerade köksdörren kom servitören ut, bärandes på en bricka med öl. Anna stannade till, tvekade några sekunder, innan hon gick in i köket. Kessa stönade för sig själv.

Är det inte själva...... Hur mycket dumt kan en enda människa hitta på? Har hon inte fyllt sin kvot snart? Strax såg hon att servitören var på väg tillbaka in i köket.

"Hallå." Kessa tyckte att Anna var en idiot och att det skulle vara rätt åt henne om servitören gick in i köket och avbröt vad som än hände där inne just nu. Men hur mycket hon än ville det så kunde hon inte. Snart nog skulle väl servitören och kocken stå i köket och garva rätt åt vad Anna än hittat på. Men just nu ville Kessa inte att Anna skulle vara ensam utlämnad med två män. En räckte gott.

"Äh... kan jag få betala?" Det var det enda Kessa kunde komma på för stunden för att uppehålla servitören.

"Javisst", svarade han och var åter igen på väg mot köket.

"Vänta." Det här gick ju inte. Kessa försökte desperat komma på något mer att säga. "Kan jag få en kaffe och strega först."

"Det går bra. Det ordnar jag." Servitören log vänligt och var åter på väg in i köket.

"Eller... har ni någon god likör... eller kanske cognac..." Kessa kämpade som en idiot för att få sekunderna att gå.

"Jag hämtar matsedeln så du kan se. Vi har lite att välja på."

Kessa insåg att detta inte gick så bra och de få desperata idéerna hon hade redan var slut.

"Nej!" Servitören stannade förvånat upp och tittade på henne. Bakom hans rygg såg Kessa, till sin enorma lättnad, Anna komma ut ur köket och gå in på toa.

"Äsch, jag struntar i det. Det är för svårt att bestämma sig. Kan jag få betala?" Kessa undrade vad den stackaren tänkte om henne.

"Inga problem." Servitören log roat när han försvann ut i köket.

När Anna kom tillbaka från toaletten på vingliga ben hade hon ett belåtet leende på läpparna.

"Han kommer hem till mig sen".

"Va?" Kessa trodde inte sina öron. *Av allt dumt...*

"Han kommer hem till mig sen." Anna log fortfarande belåtet och artikulerade extra tydligt den här gången.

"Vad då sen?" Kessa såg fortfarande oförstående ut.

"Snart. Om någon timme."

"Så vi ska plötsligt inte gå till Silver Dollar?" Kessa blev av naturliga skäl både förbannad och besviken.

"Men vad fan. Han vill ju komma hem till mig." Anna tyckte i sin dimmiga tillvaro att det var självklart att Kessa skulle förstå. Det gjorde hon inte.

"Så du tycker att du kan skita i mig? Bara han vill komma och dra över dig."

"Måste du vara så grov?" Annas leende dog ut och ersattes av en förorättad min.

"Grov? Vem är det som är grov? Du går in i köket och säger jag-vet-inte-vad till en karl du inte känner, vars flickvän precis gått, och så ska han plötsligt komma hem till dig. Ni bestämde väl knappast att ni skulle träffas och diskutera postmodernismen över en kopp kaffe." Saliven sprutade när Kessa fräste åt Anna.

Anna ignorerade Kessas utspel och försökte sig på ett litet drömmande leende igen.

"Jag kysste honom. Helt, jävla underbart. Det är som en låga mellan oss. Jag tror fan han är den jag alltid väntat på."

"Men Anna. Det brinner i alla mäns brallor. Men det slocknar lika fort. I morgon skiter han i dig. Hur många gånger måste du uppleva det innan det går in i din lilla skalle?"

"Det är något speciellt mellan oss. Jag vill faktiskt ha honom." Kessa tyckte att Anna såg helt patetiskt ut med sitt sjuka flin. Hon tittade demonstrativt bort och sa inget mer.

Servitören kom med notan och när de betalat reste sig Kessa snabbt och gick. När Anna lyckats trassla på sig sin trenchcoat var Kessa redan ute. Anna såg henne försvinna med snabba steg nerför gatan när hon klev ut i den kyliga höstkvällen. Själv gav hon sig av hemåt för att förbereda sig för Honom.

Han kom tidigare är hon anat. När hon hade gått in i köket hade Johan blivit förvånad. Nog för att han förstått att Anna var intresserad av honom. Men att hon skulle våga sig ut i köket var mer än han förväntat sig. Hon hade inte spillt någon tid utan kommit in till honom där han stod bakom bakbordet, dragit upp sin spetsblus och blottat de fasta brösten.

"Du skulle ju värma dem." Sedan hade hon lagt armarna om hans hals, tryckt sin mun mot hans och forcerat in sin tunga. Efter några sekunders tvekan hade han inte kunnat göra annat än besvara kyssen. Hans händer hade letat sig till brösten samtidigt som han tryckte sitt underliv mot hennes så hon pressades upp mot bakbordet. När Anna avslutade kyssen och bad honom komma till henne senare hindrade han henne från att dra ner blusen. Han stirrade på hennes bröst samtidigt som hans hand gled ner mellan hennes ben. Men andra handen försökte han dra upp kjolen.

28

"Inte här" hade hon viskat och lirkat sig ur hans hårda grepp. Hon sa sin adress samtidigt som hon rättade till kläderna.

"Om en timme", hade han svarat och så var hon borta.

En timme kan vara en evighet och där stod Johan med ett stånd som var så hårt att det var smärtsamt. Han hann precis rätta till det, så att det förhoppningsvis inte syntes, innan Niklas kom in i köket och berättade något om en av gästerna. Något som tydligen var kul för Niklas småskrattade när han berättade. Johan kunde inte fokusera på vad Niklas sa men gjorde sitt bästa för att se ut som om han lyssnade och var road. När Niklas berättat klart sin obegripliga historia frågade Johan om det var lugnt att han lämnade det sista jobbet så han kunde dra tidigare. Det var okej för Niklas. Klockan var över nio. Vilket var den tid då de vanligtvis brukade stänga köket. Så Johan tog ut kvällens sista pizzor ur ugnen, hävde en tequila och gav sig av efter Anna.

Han småsprang i den riktning han visste att hon gått. Redan efter några minuter såg han henne, på osäkra ben, en bit ner på gatan. Han ökade takten och när han passerat rondellen, och hon var på väg att svänga in på en sidogata, ropade han efter henne. När de möttes talade de inte. De bara kysste varandra. Han pressa sig så hårt mot henne att hon tappade balansen för ett ögonblick. Vin och öl roterade allt snabbare i hennes huvud. Hon slog huvudet i något hårt när hon vacklade till. Johan märkte inget utan pressade sig allt hårdare mot henne. Händerna fattade om hennes mjuka skinkor och han tvingade in sitt ena knä mellan hennes ben.

"Nu går vi hem." Anna lyckades slita sig ur hans grepp och drog honom med sig.

Väl hemma gick allt fort. Han slet av hennes kläder mellan kyssarna. Hon visade vägen till sovrummet. Sängen var mjuk, han var hård och hon var mitt emellan. Det var inte kärleksfullt och passionerat som hon tänkt sig. Snarare hårdhänt och okänsligt. Hon var medgörlig för hon ville att han skulle njuta. Även om det gjorde ont. Men hon tänkte att det inte var så farligt smärtsamt och lika plötsligt som det börjat var det över. Han hade inte hunnit ta av sig några kläder. Ännu mindre hade han legat bredvid henne, smekt och kysst henne och småpratat om ditt och datt. Inte sett på henne med kärleksfulla ögon och absolut inte berättat för henne hur mycket han tänkt på henne den sista tiden. Inget om hur han känt att hon var den rätta för honom. Hur han insett det och undrat hur han skulle ta sig ur sin nuvarande relation. Heller inte ett ord om att de kunde rymma tillsammans. Inte för evigt utan bara en liten tur till Stockholm och kanske till och med gifta sig i Stadshuset. Han sa inget sådant alls. Han bara reste sig, drog upp byxorna, knäppte dem och försvann med ett "hej".

6.

Kessa orkade inte med mer av världen denna fredag så hon gick hem för att gömma sig under täcket. Hon messade till Sanna och Josefin att Anna hade ändrat sina planer för kvällen och att hon själv kände sig som om hon höll på att bli sjuk. Hon bad dem också hälsa grabbarna i bandet. Eftersom hon hade sett dem spela ganska nyligen så hade hon inte dåligt samvete för deras skull i alla fall. Hon fick genast svar.

"Åh, vad tråkigt. Krya på dig. Hörs i veckan. Puss från mig och Sanna."

En stund senare kom ett nytt mess från Josefin.

"Ändrade planer? Raggade hon upp nåt mongo på pizzerian, eller? Hahaha."

Kessa blev ännu sämre till mods när hon läste messet. Att Anna hade ett dåligt rykte var i och för sig ingen nyhet. Men det gjorde det inte mindre smärtsamt. Att Kessa själv utnämnt sig till någon slags skyddsängel för Anna gjorde också ont. Hon förstod inte varför hon inte bara kunde släppa det. Det var visserligen ingen tvekan om att Anna behövde både en och två skyddsänglar. Tyvärr hade hon svårt att se det själv och hon var trots allt en vuxen människa med rätt att göra sina egna, om än idiotiska, val.

Kessa hade så klart kunnat gå till Silver Dollar själv. Eller själv och själv. Hon hade ju faktiskt stämt träff med Sanna och Josefin. Dessutom kände hon med största sannolikhet hälften av dem som var där ikväll. Att gå dit hade garanterat fått henne på bättre humör men just nu var hon för arg och ledsen för att förmå sig till det. Hon låg i sängen och funderade över hur hon i sin enfald någonsin kunnat tro att det här skulle bli en trevlig kväll. Att det fanns en möjlighet att det skulle kunna hända henne något kul. *Så jävla dumt.*

Kessa älskade sitt jobb. Hon kände sådan glädje och mening när hon fick hjälpa andra. Hon erkände villigt att det var särskilt härligt när folk visade sin tacksamhet. Det var egentligen väldigt märkligt att hon som hade lön för att göra något som fick henne att må bra, och känna sig bekräftad, ägnade sin fritid till att ignorera sina egna drömmar och istället försökte ta hand om en väninna som absolut inte uppskattade uppoffringen.

Att de hade varit vänner i många år var så klart en orsak till att det blivit som det blivit. Hon skulle ha vakat som en hök över Mari också om hon hamnat i trubbel. Men det hade aldrig hänt. Det var alltid Anna.

Alla tre hade hängt ihop i vått och torrt ända sedan första resan till gymnasiet. De hade känt varandra ytligt sedan innan vilket gjorde att de satte sig tillsammans på tåget. Efter den knappa två timmars resa mellan Ludvika och Västerås hade de börjat knyta vänskapsband som hållit sedan dess.

De hade trivts i gymnasiet i Västerås trots den långa resvägen. Plötsligt hade Ludvika känts både för litet och för töntigt. Under de tre åren på estetisk linje hade de hängt så mycket som möjligt i sin nya stad. Det hade varit en befrielse att få lämna den lilla byhålan, där alla kände alla, för en stad med både universitet, massor med affärer och riktig bio. När det var fest, vilket det var i stort sett varje helg, sov de över hos någon klasskompis. De festade rätt hårt och livet hade känts som ett enda stort äventyr.

I Västerås hade det så klart också funnits ett bättre utbud av killar som var både snyggare och coolare än i Ludvika. Första året hade de väl mest kollat in och varit småförälskade i än den ena, än den andra. Men redan andra året hade de alla börjat dejta. Mari hade varit populär men kräsen, Kessa ganska reserverad medan Anna kunde tänka sig det mesta.

Sista året på gymnasiet hade alla tre haft förhållande. Mari hade hängt ihop med en fem år äldre kille som pluggade på universitetet, Kessa hade en romans med en utbytesstudent från Frankrike och Anna hann vara ihop med de flesta killarna i klassen det året. Faktum var att Anna var den enda som kallade hennes manliga umgänge för förhållanden eftersom de bara varade mellan en natt och någon vecka.

Till slut blev Mari och Kessa så bekymrade å Annas vägnar att de försökte prata med henne. Mari och Kessa var rörande överens om att en kvinna självklart får göra precis som hon vill med sitt liv. Vilket bland annat innebär att hon får ligga med vem hon vill när hon vill. Men ingen av dem såg Anna som en fri, stark kvinna som går sin egen väg. De visste alltför väl att hon sökte efter äkta kärlek och trygghet. Då som nu. Och det var alltför tydligt att de män som intresserade sig för henne var ute efter något helt annat. Men Anna var alltid så uppe i den senaste erövringen att hon inte kunde se mönstret. Hon trodde om och om igen att det aktuella kapet var den stora kärleken.

Sedan dess hade många år förflutit. Mycket hade förändrats och utvecklats medan annat var sorgligt oförändrat. Kessa hade utbildat sig till sjuksköterska och Mari hade landat i ett fast förhållande. Anna däremot…

Skit, skit, skit. När ska jag skaffa mig ett eget liv? Kessa satte sig upp i sängen och sträckte sig efter cigaretterna. När hon fått fyr drog hon några snabba, giriga bloss.

Och nu har jag gjort det igen. Låtit Anna avsluta min kväll. Om inte hon går ut går inte jag ut. Jag hade världens chans att träffa andra polare och ha kul. Men vad gör jag? Går hem och tycker synd om mig själv.

Strax släckte hon cigaretten igen. Gråten kom plötsligt och våldsamt. Det var inte mycket tårar utan mer som ett skri. Ett skri långt, långt inifrån. Kroppen föll ihop och hon drog åter täcket över huvudet. Hon tryckte ansiktet mot den största kudden när skriet övergick till vrål. Det kändes som om hon skulle kräkas men det var omöjligt att sluta skrika.

7.

De sista gästerna hade just gått och Niklas hade låst och vinkat av det överförfriskade, men trevliga, medelålders paret. Han drog för den tunga, röda sammetsgardinen och suckade djupt.

Vilken jävla kväll.

Väl inne i köket öppnade han en flaska Chianti som han tog med sig ut i restaurangen tillsammans med ett vinglas och en skål med inlagda oliver. Disken kunde vänta en stund. Det var fortfarande ganska tidig fredagskväll och han skulle bara hem efter jobbet så inget brådskade. Han knäppte upp skjortan några knappar, vek upp ärmarna lugnt och metodiskt och drog sedan handen genom sitt ljusa, kortklippta hår. Så fyllde han munnen med vin och höll det så en stund, med slutna ögon, innan han svalde. Den sträva, men ändå fruktiga, smaken fyllde honom med välbefinnande och han kände att kroppen började slappna av. När han öppnade ögonen igen lutade han sig bakåt mot stolsryggen och tänkte på kvällen som passerat.

Det hade varit lugnt när han kom så enligt deras överenskommelse hade han uppmanat Lea att sluta tidigt. Niklas kände hur ilskan vaknade till igen när han tänkte på Johans beteende efter det. Nog för att han sett Johan bete sig illa mot tjejer förut Men nu när han var i ett seriöst förhållande borde han veta bättre. Inte för att Niklas skulle ha något emot att det tog slut mellan dem. Men så länge de fortfarande var tillsammans gjorde det honom ont att se hur Johan sårade Lea. Om och om igen.

Han tuggade frånvarande på en oliv och lät tankarna glida över till det som hänt senare under kvällen. En av tjejerna som brukade hänga i restaurangen hade plötsligt uppträtt helt skumt. Hon, som ändå alltid varit den mest sansade i det gänget, hade verkat totalt förvirrad. Beställt än det ena, än det andra. Och till slut ville hon ändå inte ha någonting utan hade bett om notan. Först blev han road, men när han tänkte närmare på det kändes det lite olustigt. Det var något som inte stämde med hennes beteende. Hennes kompis, den blonda, hade fortfarande varit kvar men satt inte vid bordet när detta utspelade sig. När Niklas hade hämtat notan, vilken var hennes slutgiltiga önskemål, satt den blonda åter vid bordet. Men stämningen mellan dem hade verkat väldigt ansträngd. Fast det var i och för sig inte första gången.

Lite senare hade Johan fått för sig att han hade gjort sitt för kvällen. Det hade väl känts okej med tanke på att det inte varit så många gäster kvar. Men Niklas undrade varför Johan fått så bråttom. Det var timmar kvar tills bandet skulle börja spela. Johan tillhörde den skara som gick före kön in på Silver Dollar så det fanns ingen anledning att stressa. Hade detta varit för något år sedan hade Johan hängt kvar och knäckt några öl med Niklas. Tjatat på honom att hänga med. Och Niklas hade hängt med. Men den tiden var förbi.

Innan Johan träffade Lea hade han och Niklas varit tajta polare. Johan hade jobbat som bartender på hotellet när Niklas pluggade på högskolan i Västerås. De dagar han reste tur och retur till Västerås brukade Johan fixa middag till dem båda. Niklas kunde gå direkt från tåget till ett dukat bord. Gästfriheten var något han alltid uppskattat hos Johan. Han hade varit en trogen vän. Men när det kom till tjejer hade han varit en riktig player. Johan såg bra ut och kunde i stort sett charma vilken tjej som helst. Vilket han också gjort. Men när han träffade Lea hade han lugnat sig rejält och gått in i sin första seriösa relation. Niklas hade trott att det skulle bli lika kortvarig som vanligt. Men Johan hade fallit på allvar och Lea hade aldrig fått veta hur Johan varit innan.

Niklas och Johan hade fortsatt att umgås vilket gjorde att de tre snart blev ett tajt gäng. Det blev ännu tydligare när alla till slut jobbade på pizzerian. Så det föll sig helt naturligt att Niklas och Lea blev nära vänner och började umgås en hel del själva.

Det var svårt att säga när det egentligen började men plötsligt drog sig Johan undan på något sätt. Både från Lea och från Niklas. Samtidigt förändrades hans humör. Långsamt med väldigt påtagligt. Den levnadsglada, charmiga och gästfria Johan tynade bort och en surmulen, grälsjuk och avvisande Johan tog sakta över. Niklas funderar ibland över om han längtade efter att vara ungkarl igen. Om han kände sig fast i relationen. Eller i sin restaurang. Från att ha varit en festprisse som förtrollat den ena tjejen efter den andra, och i stort sett glidit från en famn över i nästa, spenderade han nu det mesta av tiden i ett kök för sig själv och bakade pizza efter pizza efter pizza.

Medan han tuggade på de sista oliverna och tog klunkar av vinet tänkte han att även han själv hade fastnat lite väl mycket i restaurangen. Egentligen kände han att det var hög tid att slutföra studierna. Han hade kollat in lite olika utbildningar och hade i det närmaste bestämt sig för att söka en kurs i projektledning på Stockholms universitet. Direkt efter gymnasiet hade han pluggat enstaka kurser i både ekonomi och marknadsföring. Så med betyg även i projektledning skulle han bli attraktiv för ganska många arbetsgivare. Hans tid som servitör gick tveklöst mot sitt slut. Det kändes bara så svårt att ta beslutet att flytta.

Han reste sig och gick ut i köket för att hämta en tvätt-säck. Så drog han av alla dukar från borden i restaurangen och stuvade ner dem, letade fram ett av de hårda plast-banden och drog åt kring säcken. När han var klar gick han ut i köket för att ställa undan tvätt-säcken och köra nästa disk. Han fyllde en av diskbrickorna med de sista gästernas tallrikar, bestick och glas och drog igång diskmaskinen. Han såg att Johan städat på bakbordet så då återstod bara att vänta på att diskmaskinen kört klart. Tillbaka vid bordet ute i restaurangen fyllde han på sitt vinglas. Sedan blev han sittande en lång stund och tänkte på Lea.

8.

Glöden strålade fortfarande från den öppna spisen. Värmen hade snabbt stigit i det lilla rummet och var nu nästan kvävande. I madrassen och täcket, som han fått låna, fanns dock en lite rå och fuktig känsla kvar som blev märkbar när han vände på sig eller bytte ställning. Det väckte suddiga minnen från barndomens semestrar i hyrda stugor med mamma och någon av hennes otaliga pojkvänner.

Det var flera timmar sedan han bäddat och smugit sig ner mellan lakanen. Ändå låg han fortfarande vaken och stirrade in i elden. Det var den där känslan igen. Denna ångestfyllda längtan. Han funderade på om han någonsin skulle få uppleva sig själv befriad från den. Att det plötsligt en dag skulle hända något som gjorde att han landade. Att han kunde andas ut, lägga sitt huvud i knäet på livet och vara tillfreds.

Han tänkte på Nanna. Hur hennes lockar hade kittlat mot hans kind när hon tryckte sig mot honom på natten. De ljusröda lockarna som glänste som putsad koppar i solskenet. Han tänkte på hennes leende som lyste upp hennes charmigt, fräkniga ansikte. De ljusgröna ögonen som fick ett skimmer över sig när hon drack vin och blev fnissig. Den ljusa huden på den finlemmade kroppen och framför allt hennes långa, smidiga fingrar som kunde forma de mest fantastiska kreationer i hennes krukmakeri.

Han hade fullständigt förförts när han väl tagit sig tid att sitta och se på när hon satt vid drejskivan, tyst och full av koncentration. Det hade påmint honom om den fula ankungen som blev en svan när hon smekte klumparna av lera till sensuellt formade krukor och skålar.

Han tänkte på Nanna och han tänkte på hur gärna han velat älska henne. Hur bra det hade kunnat bli och hur vackra de hade varit tillsammans. Trots att han funderat hur mycket som helst på det så förstod han fortfarande inte hur två så kreativa människor kunde ha så vansinnigt tråkigt ihop. Och hur kom det sig att det bara var han som insett att det aldrig skulle gå?

Till en början hade han naturligtvis, som alla andra, fallit för hennes skönhet. Men det hade aldrig riktigt tagit tag i honom på djupet. Han hade aldrig fått fjärilar i magen när han tänkte på henne och han skulle aldrig fått för sig att dra in dofterna av henne från kudden när hon inte var där eller stoppa näsan i hennes hår när de satt nära. Det sa honom helt enkelt ingenting.

Även om han till en början hade haft svårt att t.o.m. erkänna det för sig själv så var han till slut tvungen att inse att han inte tyckte att hon hade särskilt mycket att komma med på det intellektuella planet heller. Han som älskade att sitta och munhuggas fick sällan en utmaning av henne. Att intelligens är sexigt hade alltid varit självklart för honom men hon var mer för att småprata om vardagliga trivialiteter. Snart hade han irriterat sig på både det ena och det andra, t.o.m. det lite nervösa snurrandet på lockarna med ena pekfingret som till en början hade varit så charmigt.

Både hans och hennes vänner hade varit nöjda med att de träffats. De ansågs passa varandra som hand i handske. Männen dunkade honom i ryggen och gav menande blickar och kvinnorna log så där förstående, invigda. Inbjudningar till parmiddagar duggade plötsligt tätt. Innan hade han i stort sett aldrig blivit bjuden på parmiddag. Om det berodde på att han plötsligt infunnit sig i en viss ålder, där detta fenomen plötsligt bara är ett faktum, eller om det var för att ingen förut trott om hans förhållande att vara seriösa tidigare, hade han aldrig fått klart för sig. Men just då, med Nanna, var det som ett extremt undertryckt behov av parmiddagar med honom och hans kvinna fick totalt utlopp. Det hade varit trevligt samtidigt som han saknat de hastigt ihophafsade festerna han var van vid.

Det var bara Märta, den halvalkoholiserade, buttra konstnärinnan i samma ateljéhus som honom, som hade sett sanningen. Hon, som för det mesta höll sig för sig själv, hade plötsligt kommit ner en dag till det gemensamma fikarummet när han själv och Nanna, som kommit förbi på ett kort besök, satt där och drack en kopp kaffe. Märta hade nickat och mumlat något ohörbart, hällt upp en kopp kaffe från bryggaren och satt sig längst in i rummet, vid fönstret, där hon sedan suttit och sugit på sitt kaffe under tystnad och verkat vara helt i sin egen värld. Nanna hade pladdrat på om allt möjligt ointressant innan hon äntligen packat

38

sig iväg efter att ha kysst honom, alldeles för många gånger för att det skulle passa hans tålamod. När dörren smällt igen efter Nanna hade Märta höjt blicken och spänt den i honom.

"Den där människan är inte bra för dig. Gör dig av med henne." Så hade hon rest sig för att lämna rummet. När hon passerat honom hade hon klappat honom tröstande på axeln. "Du vet att jag har rätt."

"Ja, jag vet." Han hade mumlat det tyst för sig själv i samma sekund som det stod klart för honom och efter det fanns ingen återvändo. Han hade varit tvungen att bryta upp. Det var som om Märta hade fått spela rollen av hans samvete. Han hade insett att hans sanning var viktigare än alla vänners eventuella förhoppningar och glädje. Det var ju för fan hans liv.

Många hade tagit Nannas parti. Som om det var någon slags tävling. Men vad kunde han göra åt det? Var det något han lärt sig i det här livet var det att människor ibland gör fullständigt obegripliga val och vill man slippa bli helt frustrerad är det bäst att låta det vara så.

Nåväl, Nanna hade inte behövt lida så länge för snart var Hjalmar där och värmde upp hennes säng. Och om han var helt bedårad av hennes locksnurrningar och blev knäsvag av hennes doft så var väl det helt i sin ordning. Själv var han tillbaka på ruta ett med en växande längtan inom sig.

Han drog in ett djupt andetag och suckade sedan tungt. Kroppen hade börjat slappna av trots alla tankar och ögonlocken kändes äntligen tunga. Han slöt ögonen och lyssnade till det svaga men behagliga ljudet av elden innan han slutligen somnade.

9.

"Vad fan har jag gjort?" Johan pratade högt för sig själv där han gick hemåt i kvällen. Nog för att han och Lea inte haft det bra tillsammans på länge. Men det här var inte försvarbart. Det insåg han. För han skulle aldrig acceptera det om han fick veta att Lea varit otrogen.

Men ändå. Långt inom sig måste han erkänna att det varit njutbart. Inte njutbart på det sättet det var med Lea. Med henne handlade det om kärlek och närhet. Att höra ihop. Sexet var väl inte det vildaste och han brukade behöva en hel del fantasi för att komma i rätt stämning. Med Anna hade han befunnit sig mitt i fantasin. Så sjukt upphetsande.

Han attraherades av hennes underdånighet. Hur hon så tydligt visat att hon satte hans njutning i fokus. Hon skulle antagligen gå med på det mesta. Låta honom bestämma. På det viset var hon väldigt speciell. Det fanns inte så många kvinnor av den sorten nu för tiden.

När han hunnit ikapp henne på gatan ville han slita av henne kläderna där på plats. Vilken han så klart inte gjorde. Men väl hemma hos Anna hade alla hämningar försvunnit. Det enda som existerade där och då var hans lust. Hans njutning när han fick ta i. När han tvingade ner henne på alla fyra på sängen och trängde in i henne bakifrån. Han hade skitit i vad hon känt eller inte känt. Att hon inte protesterade nämnvärt utan lät det ske hade gjort att han släppt sina hämningar ännu mer och tillåtit sig att ta henne våldsammare än han någonsin vågat med andra kvinnor.

Med ena handen hade han tagit ett rejält tag om hennes blonda hår och dragit i det tills hon svankat så mycket att hon börjat gny av smärta. Hans andra hand hade grävt sig in i den marmorvita huden på hennes rumpa medan han juckade hårt. Anna hade protesterat vagt mot smärtan men Johan hade fortsatt att dunka våldsamt in i henne tills han kommit med ett vrål. När han var klar hade han rest sig, dragit upp byxorna och dragit därifrån.

Väl ut på gatan hade han styrt stegen hemåt, chockad över sitt eget beteende och den lust som fått honom att tappa kontrollen

40

över sig själv. När den våldsamma upphetsningen ebbat ut var det mest skrämmande att inse vad han faktiskt var kapabel att göra. Eller var det hon? Det måste ha varit hon. Det var ju faktiskt hon som hade tagit initiativet. Det var hon som både väckt upp monstret och sedan släppt det lös.

Johan saktade ner stegen medan han försökte få ordning på både andningen och sina tankar. Han gjorde sitt bästa för att tänka igenom situationen. Hur det än var hade han just varit på ett äventyr i en annan värld. Som i en dröm. En dröm som äntligen blev sann. Hans tankar nuddade vid Lea igen och det stack till av dåligt samvete. Men i nästa sekund vände det i honom och han undrade hur mycket det var tänkt att han skulle offra utan att få något tillbaka. Han fick ju ärligt talat inte ut ett skit av vare sig hennes gnällande eller deras tråkiga sexliv. Som alla andra män hade även han behov. Om hans kvinna inte tog hand om det var det väl i det närmaste hans plikt att ordna det själv. Det var han väl värd. Livet är för kort för att slösas bort på ingenting. Så lika plötsligt som det dykt upp, lika plötsligt var det dåliga samvetet som bortblåst. Det var väl ändå självklart att han fick göra som han ville. Lea hade inte med det att göra. Han hade varit henne trogen länge nog och det kändes inte som om han fick något för det.

När tankarna gled över till Anna kom lusten över honom igen. Han tänkte på hur hon nyss stått på alla fyra i sängen. De fylliga brösten, den smala midjan och den mjuka rumpan. Han försökte föra över tankarna på Lea igen men de kunde liksom inte fästa på henne. Det enda han kunde tänka på var Annas kropp. Plötsligt vände han om. Han småsprang den korta biten till Annas dörr. Den var fortfarande upplåst så han ryckte upp den och ropade "Hallå" när han stövlade in.

Han blev stående i vardagsrummet. Anna uppenbarade sig i dörröppningen till sovrummet klädd i en mörkröd morgonrock i siden. Hon log när hon såg honom. Det fick den sista osäkerheten att lämna Johan. Det fanns inte längre någon tvekan om att hon var med på det. Hon knöt långsamt upp skärpet, öppnade morgonrocken och blottade sin nakna kropp.

Johan gick fram till henne, tog hennes händer och visade att han ville att hon skulle knäppa upp hans byxor. Hon gjorde det samtidigt som hon kysste honom. Han kysste tillbaka och lät händerna glida innanför hennes morgonrock och leta sig fram till hennes rumpa som han fattade i ett hårt grepp. Han avslutade kyssen, tog ett fast grepp om hennes hår och drog hennes huvud bakåt. Så slickade han henne på halsen och ner över brösten. Sög hårt på ena bröstvårtan samtidigt som han nöp henne hårdare om ena skinkan.

När han rätade på sig lossade han lite på det hårda taget om håret och kysste henne mjukt. Den kyssen var tillräckligt för att sedan få ner henne på knä. Han pressade in kuken i hennes mun. Med ett fast tag om hennes nacke pressade han sig ännu längre in och började jucka. Hon protesterar men han stönade högt och fortsatte det hårda juckandet. Anna hulkade till och försökte dra sig undan men han juckade hårt några gånger till innan han släppte taget.

”Du är så satans skön.” Han såg på henne att komplimangen räckte mer än väl för att hon skulle tycka att det var okej. Trots att hennes ögon var tårfyllda efter kväljningarna.

Han satte sig i soffan och drog henne till sig. Hon var genast med och ställde sig gränsle över honom. När hon glidit ner över hans stånd lutade hon sig bakåt, fattade tag om hans knän som stöd och guppade rytmiskt upp och ner.

Anna njöt och tänkte på hur bra de passade ihop.

Det här måste se urläckert ut. Säkert upphetsande med mina gungande bröst. Och han har sjukt snygga armmuskler.

Hon visste att hon var vacker och hon hade övat framför spegeln på att se förförisk och lagom kåt ut. Så hon tittade honom djupt i ögonen samtidigt som hon stönade med öppen mun och lät tungan glida sensuellt över läpparna. Hon såg att det påverkade honom. Hans välbyggda bröstkorg hävde sig allt snabbare. Hon njöt av att se honom njuta av henne. För att göra honom än mer upphetsad började hon smeka sitt eget bröst. Det fick den effekt hon ville ha. Han stoppade hennes rörelser genom att greppa hårt om midjan och stirrade med öppen mun på hennes hand på bröstet.

Hon förstod vad han ville så hon frigjorde även den andra handen och började massera båda brösten. Hon lutade sig fram mot hans mun. När han sög tag i ena bröstvårtan kastade hon huvudet bakåt och stönade högt. Det var egentligen alldeles för hårdhänt och inte ett dugg skönt. Men hon tänkte att det såg bra ut och förhoppningsvis gjorde honom nöjd.

"Du vill att jag knullar dig, va?" Han hade släppt bröstet och tittade henne djupt i ögonen innan han drog hennes ansikte till sig och kysste henne. "Säg att du vill", viskade han igen.

"Jag vill", viskade hon tillbaka och gjorde allt hon kunde för att låta erotisk.

"Vad vill du? Att jag knullar dig? Att jag knullar dig hårt? Säg det." Han lade sina händer runt hennes hals och klämde åt. "Säg det."

"Aj."

Johan lossade lite på greppet och förde hennes ansikte till sitt igen för att kyssa henne.

"Säg det." Han tittade henne djupt i ögonen efter kyssen.

"Jag vill att du knullar mig." Hon log förföriskt mot honom.

"Hur?" Han tittade uppfodrande på henne.

"Hårt." Hon var inte alls övertygad om att hon ville att han skulle knulla henne hårt igen. Men hon var så lycklig för att han kommit tillbaka. Hon fick inte förstöra det genom att verka gnällig eller omedgörlig.

"Jag visste väl det. Ställ dig upp." Anna reste sig och Johan kom efter. Han föste henne in i sovrummet och lade henne på rygg i sängen. Efter att han dragit till sig skärpet på hennes morgonrock satte han sig gränsle över henne. Innan hon hann fatta vad som hände hade han bundit fast hennes händer i sänggaveln.

"Nu ska jag knulla dig. På riktigt." Han flinade överlägset och tog ett fast tag om brösten. Det gjorde för ont och hon tyckte det var obehagligt att vara fastbunden. Men hon gjorde sitt bästa för att se sensuell ut ändå.

Så sved en örfil till på hennes kind och hon flämtade till av rädsla och förnedring. Plötsligt kom paniken smygande.

Det här går för långt. Jag vill inte.

Men hon sa ingenting. För hon ville så gärna att han skulle älska henne.

Han gav henne ännu en örfil innan han ändrade ställning, tvingade isär hennes ben och trängde in i henne. Hon grimaserade av smärta när han nöp hårt på insidan av hennes lår men hon kämpade för att stå ut. Hon njöt ändå av att höra hur upphetsad han var och hon kände sig ändå lycklig över att det var hon som fått honom att känna så starkt.

Johan vände henne bryskt på mage, lyfte upp henne på knä och tryckte ner hennes ansikte i madrassen. Så pressade han sig in i henne igen och slog med handflatan på hennes rumpa tills orgasmen närmade sig. När han kom drog han henne i håret tills hon skrek av smärta. Han nöp henne hårt i rumpan innan han drog sig ur, vände på henne och kysste henne. Den verkade som om han inte kunde få nog av henne för han slickade henne över kinden och halsen, bet henne i bröstet och nöp henne hårt i midjan.

”Så det var det här du var ute efter? Att bli knullad på riktigt.”

”Jag visste att vi passade ihop. Har inte du också känt det?” Anna ville så gärna att det här skulle vara början på något stort. Hon försökte kyssa honom mjukt och kärleksfullt. Han lät henne göra det samtidigt som hans fingrar greppade hårt om de mjuka brösten.

”Du stannar väl?” Annas röst darrade till lite när hon såg på honom med osäkra, ljusblå ögon.

”Inte ikväll.”

”Men…” sa Anna. Sekunden efter rungade en örfil på hennes kind.

”Du hör vad jag säger”. Johan njöt av leken trots att han såg att Anna inte var med på det längre. Det gjorde det bara ännu skönare.

”Men vi ses snart.” Han kysste henne mjukt igen för att blidka henne och lossade sedan på skärpet kring hennes handleder.

”Och innan jag går måste jag duscha. Du tvålar väl in mig då?” Han gav henne en flirtig blick som hon tolkade som kärleksfull.

Han reste sig och räckte ut sin hand till henne.

Ge lite, ta mycket. Hon behöver bara lite hopp för att göra allt jag vill.

I duschen tvålade hon ömt in honom. Först njöt han bara men efter en stund började han tvåla in henne också. Mjukt och sensuellt lät han händerna glida över hela hennes kropp. Han både såg och kände hur hon njöt av beröringen. Så han höll på en liten stund för att vinna henne lite mer innan han tvingade ner henne på knä. Hans hårda juckande fick hennes huvud att slå i väggen flera gånger innan han höll fast hennes huvud och kom i hennes mun.

Så var Johan åter på väg hem. Men den här gången hade han ett nöjt flin på läpparna.

Fan, jag är kung. En jävla knullkung.

Han kände sig mäkta nöjd över att han kommit tre gånger på så kort tid. Innan han träffade Lea hade det ofta varit så. Han hade kunnat komma hur många gånger som helst. Det var väl det som gjort honom så omättlig på brudar. Hans rekord var sex gånger på en dag. Först tre gånger på morgonen hos någon han sovit över hos. En gång i sängen, en i duschen och så en omgång mot köksbordet efter frukosten. På kvällen hade han satt på brudens kompis på toaletten på Silver Dollar. Eftersom hon var skönare och vildare hade de dragit iväg hem till honom och han hade kommit två gånger till trots att han varit rätt dragen.

Men sedan hade han kärat ner sig i Lea. Eftersom hon inte var lika mycket för sex som han hade han kämpat för att sätta kärleken före sitt behov av sex. Det hade gått någorlunda bra och han hade inte varit otrogen en enda gång. Inte förrän nu.

När han närmade sig hemmet kom ångern tillbaka som ett knytnävsslag i magen. Han gjorde sitt bästa för att mota bort känslan och locka fram sin mer logiska sida. För nu gällde det om att rädda situationen och låtsas som ingenting. Han insåg att han måste fundera ut något bra att säga om varför han kom hem så tidigt. Men han fick inga idéer.

När han svängde in på deras gata såg han att det lyste i fönstret. Självklart var hon vaken. Det slog honom att han inte hade någon som helst koll på vad klockan var så han kollade sin mobil. Strax före elva. Knappt två timmar hade gått medan han levt ut en helt ny sida av sig själv.

Han saktade ner stegen för att ge sig mer tid att tänka. Men det hjälpte inte. Framme vid porten fibblade han med nycklarna ett tag men sedan fanns det ingen återvändo. Han tände i trapphuset och tog de få stegen upp till deras ytterdörr. När han satte nyckeln i låset kom han plötsligt på lösningen som han missat.

Varför gick jag inte bara till Silver Dollar?

Men nu var det för sent. Han visste att Lea hade hört nyckeln sättas i låset så det var bara att bita ihop och gå in.

10.

När dörren smällde igen efter Johan stod Anna och såg efter honom med öppen morgonrock, ömma bröstvårtor, smärtande underliv och den eviga känslan av att vara övergiven. Hon låste ytterdörren och gick tillbaka till badrummet där hon nyss tillfredsställt Johan. Eller snarare Johan tillfredsställt sig med henne. När hon låtit morgonrocken falla till golvet synade hon sin kropp i den stora spegeln som stod lutad mot väggen framför duschen. Den som Johan precis speglat sig i. För det hade inte undgått Anna hur han vridit henne så han kunde se hur hon sög av honom. Han ville tydligen se både henne och sig själv. Och hon hade gått med på allt för att han skulle bli tillfredsställd.

I vanliga fall brukade hon le nöjt för sig själv när hon studerade sin nakna kropp. Hon var stolt över sin skönhet. Det fanns faktiskt inget som hon skulle önska annorlunda. Men denna kväll fick hon inte till något leende. Hennes kropp var full av fula märken. Både på brösten, på låren, runt midjan och på rumpan var det blåmärken efter hans hårda fingrar. Hon kom på sig själv med att hoppas att det var värt det. Att han verkligen menade allvar med henne. Men ju mer hon tänkte på det desto mindre trodde hon på det.

Hon hade inte fått kyssa honom efter att han duschat och borstat tänderna med hennes tandborste. Hon förstod inte vad det spelade för roll om han nu skulle gå hem och göra slut med den där servitrisen. Men han hade faktiskt inte sagt att det var det han skulle göra. Det var hon som tänkt och hoppats på det. Så länge han varit kvar hos henne hade det framstått som den enda logiska möjligheten. Men efter att han lämnat henne för att gå hem blev hon mer och mer osäker.

Plötsligt svindlade det till i hennes huvud och magen drog ihop sig.

Fan! Inte nu igen!

Hon orkade inte tänka mer. Orkade inte känna sig sviken ännu en gång. Så hon ställde sig i duschen, lät vattnet forsa över hennes kropp och släppte ut tårarna.

ANDRA DAGEN

11.

Det var kallt i stugan när han vaknade. Det hade fortfarande legat glöd kvar i eldstaden när han till slut fallit till ro så han hade inte stängt spjället. Under natten hade sedan den kalla, fuktiga septemberluften lyckats tränga sig ner genom skorstenen när värmen i glöden alltmer tappat styrka. När han tassade upp i kalsongerna för att dra igång en brasa knottrade sig huden av kylan. Så när de första lågorna slog upp bland tidningspapper och vedklabbar kröp han tillbaka in under täcket en stund. Det var då han fick syn på elementet under rummets fönster. Han drog täcket runt sig och gick bort för att knäppa på elementet samtidigt som han svor över sin dumhet. Han hade inte ens tänkt på att det kunde finnas element här. Som om att alla som bodde på landet levde i någon Amish-anda. Han slog en lov ut till köket och toaletten och drog igång elementen där också.

Stugan blev snabbt varm med hjälp av både element och brasa. Efter att ha dragit sig en stund tog han en dusch och letade fram rena kalsonger, strumpor och skjorta. Gårdagens plan hade varit att stanna vid en bensinstation för att handla det allra nödvändigaste, framför allt kaffe, men det hade han sedan fullständigt glömt, så han bestämde sig för att åka in till Ludvika och ordna något att äta. Några koppar kaffe och en macka på ett kafé kunde bli en bra början på dagen. Sedan behövde han handla med sig mat för några dagar. Ett par flaskor vin till det skulle sitta fint.

På väg ut kände han efter så att cigaretterna låg där de skulle i rockfickan innan han låste efter sig. Han blev stående utanför dörren medan han tände en cigg. Det första halsblosset fick honom att hosta till. Han drog ytterligare några snabba bloss som fick honom att känna sig mer vaken. Som alltid efter dagens första cigg.

Så här på förmiddagen och i solskenet var det rätt behaglig temperatur ute. Absolut kyligare än Stockholm men inte så farligt kallt, i alla fall inte med rocken på. Han fick ett lite annorlunda intryck av tomten så här i dagsljus. Nu såg han längre in i skogen mellan de gamla, ståtliga granarna. Han gillade det. Känslan av att vara helt ensam i skogen långt borta från allt annat. Vilsamt och inget som konkurrerade om hans uppmärksamhet. Inga störande moment. Och långt från alla vänner som kunde tänkas komma förbi och knacka på med en vinare i handen eller tips om en fest han bara inte kunde motstå.

När han fimpat satte han sig i den kalla bilen. Amazonen hostade lite trögt till en början. Men som alltid drog den igång till slut och snart rullade han nerför grusvägen. Löven på träden som kantade uppfarten lyste i gula och röda nyanser i höstsolens sken. Det var så starka färger att det nästan bländade honom. Väl ute på landsvägen öppnade sig landskapet. Det var inte mycket trafik men han körde ändå ganska sakta så att han kunde kolla in omgivningarna så här i dagsljus. Många hus var omsorgsfullt byggda med traditionell snickarglädje. Det var ett klart överslag på röda torp med vita knutar och gråa Jämtlandsgårdar. Mellan husen låg skogspartier, hagar och någon enstaka åker.

På höjden bakom en skola såg han ruinen av en byggnad som han gissade hade med den tidigare gruvdriften att göra. En stor cementbyggnad som verkade stirra på honom med sina tomma fönstergluggar kikade upp över grantopparna. Trots att han normalt hellre siktade framåt i tiden än fokuserade på det förgångna så hade han alltid fascinerats av gamla, övergivna industribyggnader. Det berodde inte på att det var gammalt i sig utan handlade mer om den öde känslan, när människor inte längre använde lokaler som var skapade för dem, och processen när naturen tar över igen och både gräs, träd och maskrosor spränger sin väg upp genom asfalt och cement.

"Ludvika – för den nyfikne" stod det plötsligt på en stor skylt. Han flinade för sig själv och tänkte att de borde ha funderat en vända till innan de bestämde sig för stadens slogan.

Om man åker till den här hålan för att stilla sin nyfikenhet har man nog dragit det kortaste strået.

En sjö breddde ut sig på hans vänstra sida och det slog honom att här nog var väldigt vackert en sommardag när solen glittrade på vattenytan och blomster lyste ikapp i det vildvuxna gräset längs vägkanten.

När han kom fram till Ludvika följde han skyltarna som pekade ut vägen mot centrum. Efter bara några hundra meter fick han syn på systembolaget och ett café precis bredvid en stor parkeringsplats.

Han parkerade bilen, gick in på caféet och köpte sig en latte, en smoothie och en ostmacka. Trots att klockan redan var strax över tio på förmiddagen var han konditoriets enda gäst.

Det är lördag. Folk sover ruset av sig.

Från sin fönsterplats såg han att det ändå var en del folk i rörelse.

Men hur fan ser folk ut här egentligen?

Det tog honom inte många minuter att inse att han hamnat i en stad full av foppatofflor. Inte nog med det. De flesta hade kamouflagemönstrade byxor eller mjukisbrallor till de smaklösa skorna.

Inte estetikens högborg precis.

Han lät blicken flacka fram och tillbaka mellan de som passerade utanför caféfönstret när han njöt av den goda mackan och tog klunkar av latten. *Precis som jag trodde...*

Trots att han inte var förvånad tyckte han ändå att det var lite plågsamt att folk hade så dålig stil. Det var ju trots allt lördag och de var på stan, i den mån man kunde kalla Ludvika för stad, och inte på en traktormässa.

När han var som djupast försjunken i sitt iakttagande plingade det till i klockan som var fäst vid dörren in till caféet. Han höjde nyfiket blicken och drog genast efter andan.

En ängel.

Det långa, blonda håret var nästan vitt. Hårhavet hängde tätt och tjockt ner över hennes rygg. Det hårt åtdragna skärpet i hennes trenchcoat avslöjade att kroppen var kurvig med stora bröst och smal midja. Hon såg honom genast och deras blickar möttes. Sekunderna gick och ingen av dem vek undan blicken. Hon log mot honom och han log tillbaka innan hon vände sig mot konditorn för att beställa. När hon betalat, fått det hon beställt och vände sig om för att välja ut en sittplats sköt han ut den lediga stolen vid sitt bord

50

för två. Hon log sitt charmigaste leende och kom fram till honom, balanserande på sin bricka och en påse från systembolaget. Han kunde inte för sitt liv begripa hur han missat henne utanför eftersom han hade full uppsikt över systembolaget.

Hon ställde ner brickan på bordet, påsen på golvet, hängde av sig rocken och satte sig mitt emot honom. Till skillnad från de han sett utanför caféet var hon smakfullt klädd. En silvergrå, urringad blus och en snäv, mörkgrå kjol med stora knappar hela vägen från midjan och ner till fållen strax ovanför hennes knän. Vad han kunde se med sitt tränade öga var det nyproducerade kläder som förde tankarna till en tid runt mitten av 1900-talet.

"Gabriel." Med allvarlig uppsyn, men varma ögon, sträckte han fram sin hand mot Anna.

"Anna." Hon riktigt strålade av förtjusning. Glad för att denna till synes trevliga, men framför allt supersnygga, man uppenbarligen ville henne något.

"Är det alltid så här mycket folk? Här är ju helt fullsatt. Tur att jag hade en stol över till dig." Gabriel log stort åt sitt eget skämt och Anna svarade med ett bländande vitt leende.

"Ja, kön brukar ringla långt nerför gatan." Annas hand for illustrerande ut i en yvig gest. "Nej allvarligt, det är för tidigt. Det är ju faktiskt lördag och klockan är inte mer än…" Anna tittade bort mot en klocka som hängde innanför disken." …kvart över tio."

"Nej, vad kan man begära av människor. Vad säger det om oss som sitter här så tidigt?"

"Att vi hade slut på frukost hemma?" kontrade Anna.

De höjde sina lattemuggar i en skål och sedan var samtalet igång.

De trevade sig fram. Båda njöt av sällskapet och ställde frågor till varandra om än det ena, än det andra. Gabriel smälte av hennes ljusblå ögon och Anna drunknade i hans bruna. Ganska snart hittade de en gemensam punkt. Båda målar.

"Helt otroligt! Vilket sammanträffande!" Anna blev helt lyrisk över detta. Gabriel drabbades inte av samma eufori eftersom de flesta han umgicks med var just konstnärer. Det var inte alltid helt lätt eller ens stimulerande. Men det fanns så klart oftast en förståelse och acceptans mellan konstnärer som var behaglig och så klart en bra grund för djupare vänskap eller till och med mer.

Han har just kommit till Ludvika. Hon har bott här hela sitt liv. För henne var det otroligt romantiskt att hon var den första han träffade här. Att de genast såg varandra på ett sätt som människor sällan gör. Direktkontakt. Hon log och tindrade. Men under ytan lurade också minnet av honom som satte på henne, om och om igen, i natt. Vilande i Gabriels sällskap bleknade det långsamt bort. Men förnedringen satt fortfarande som ett järnband runt halsen och gjorde det svårt att svälja ner mackan.

Han försörjer sig på sin konst. Hon får ta hjälp av det sociala. Faktum är att hon aldrig sålt något eller ens ställt ut om man inte räknar väggen i gymnasiets bibliotek där esteteleverna fick hänga sina alster. Hon tyckte sig känna igen hans namn men var inte riktigt säker. Hon vill kunna säga att "ja, just det, jag läste artikeln om dig i våras" eller "det var väl du som fick det där stipendiet, vad det nu heter..." Men Anna höll inte reda på sådant. Så hon pratade om sig själv istället. I något kryddad version berättade hon om vad som inspirerar henne, om hennes planer på att bara dra iväg, tankarna på att söka konstskola i Frankrike eller leva på att måla folks porträtt i någon myllrande sydeuropeisk stad. Konstnärer hade faktiskt blivit upptäckta så mer än en gång. Just nu kom hon bara inte på något bra exempel.

Gabriel uppfattade henne snabbt som väldigt naiv och lite skruvad. Men på ett attraktivt sätt. Han gillade när folk var lite egna. Och vackra. Så han gjorde sitt bästa för att bjuda på sig själv och berättade om sin brokiga karriär som fått fart de sista åren. Om stipendiet och om stugan han hyrt. När han detaljerat beskrev festen i Örebro skrattade de båda åt den galna kvällen. Anna kände ett styng av avundsjuka.

Det är ju så jag vill ha det. Vara med människor som är som jag.

De köpte en ny omgång latte och pratade vidare tills klockan började närma sig tolv. Då var de var inte längre ensamma i kaféet. Andra gäster hade hunnit både komma och gå igen under de timmar som Anna och Gabriel pratat bort.

"Jag vet", sa Anna plötsligt. "Du kan väl hänga med hem till mig och se vad jag målat. Se vem jag är."

De ljusblå ögonen lyste av förväntan så han kunde inte annat än nicka till svar. Egentligen hade han ingen lust att titta på några tavlor. Men han fortsatte gärna att lära känna Anna. Så snart satt de i hans bil och hon pekade vart han skulle köra eftersom hon alltid blandade ihop höger och vänster när hon var nervös.

Annas lägenhet låg i en huslänga i två våningar där alla hade egen ingång. Hennes låg på bottenplan i ena hörnan och var den enda lägenheten som hade en trappa upp till sin ytterdörr då huset låg i en sluttning. Lägenheten bestod av ett stort rum, ett minimalt kök, ett separat sovrum och ett badrum. I det stora rummet stod tavlor, färgtuber, penslar och trasor huller om buller. Hon hade spillt rejält med färg på både golvet och väggarna. Något som tycktes vara ett arbetsbord, en soffa, ett litet soffbord, matbord och fyra stolar var de enda möblerna.

Gabriel blev besvärad. Utifrån hennes snack hade han förstått att hon inte var särskilt intressant vare sig konstnärligt eller tekniskt. Men det här... Det var bara kaos. Han försökte få överblick över målningarna. Men var och en av dem kändes lika fyllda med kaos som lägenheten. De tavlor som redan hängde på väggen föreföll inte placerade i förhållande till varandra eller efter någon genomtänkt linje. De verkade bara ha hamnat där det eventuellt fanns en spik att hänga dem på. Övriga tavlor, som låg på golvet eller stod lutade mot väggen, lyfte Anna nu upp och placerar på rad utmed ena väggen.

Han visste inte vad han skulle säga. När han till slut lyckades se på en tavla i taget kunde han skönja en stil och i alla fall början till teknik. Men den var väldigt, väldigt outvecklat. Knappt bra för en hobbymålare.

Ståendes där i hennes lägenhet dalade hans intresse för henne snabbt. Plötsligt suddades bilden, av den fantastiskt vackra, lite egna, ängeln som trollbundit honom med sin skönhet, ut. Fram trädde en knapp medelmåtta med förvriden självbild. Visst var hon vacker men det räckte inte. Man behövde inte vara en framgångsrik konstnär för att fånga hans intresse. Men han stod inte ut med människor som saknade självkritik och som ägnade mer tid åt att leva en myt än att göra ett bra jobb och förverkliga sina idéer. Han kände hur många som helst som jobbade stenhårt på att bygga en identitet som både konstnär men även rockmusiker, författare eller skådespelare. Folk som aldrig fått annat är någon enstaka spelning på en ungdomsgård eller ett garderobsjobb på en teater men som sedan satt på krogen och berättade en kryddad historia om sig själv och sin strålande karriär som kändis. Han kunde inte förstå hur folk kunde tänka att det var bättre att vara halvdålig på något som ansågs coolt än att vara riktigt bra på det man gör, var det än är. Och här stod han nu med en tjej som med största säkerhet skulle vinna på att försöka hitta ett jobb som hon klarade av för sedan njuta av att måla på sin fritid. Som sin egen feel-goodgrej.

Någonstans verkade självbevarelsedriften slå till hos Anna för hon frågade inte vad han tyckte. När hon ställt tavlorna längs väggen försvann hon ut i köket och strax efter hörde han det välbekanta ljudet av en kork som drogs ur sin flaska.

Plötsligt hade han ett glas ljummet vitt vin, som han egentligen inte vill ha, i handen. Men vad fan... Han tog en klunk och hon tog tre. Så började hon berätta om sina målningar. Hon pekade och fördjupade sig i var och en av dem. Berättade vad hon tänkt eller vad som fått henne att göra som hon gjort. Hon pratade och pratade och tog stora klunkar av vinet. Hon väntade inte på kommentarer från honom och frågade fortfarande inte efter hans åsikt. På sätt och vis var det väldigt skönt eftersom han inte vetat vad han skulle kunna säga utan att vare sig ljuga för mycket eller såra henne. Samtidigt kändes det märkligt. Hon hade lite samma beteende som en del av hans konstnärsvänner som liksom tog för givet att de var den mest intressanta och spännande konstnären för tillfället. Skillnaden mellan hans vänner och Anna var att i alla fall några av hans vänner faktiskt var det.

Anna formligen hällde i sig vin. Hon var redan en bra bit in på sitt andra glas medan Gabriel fortfarande sippade på sitt första. När hon sagt något om alla tavlorna började hon genast tala om annat. Hon hade en begåvning för att oavbrutet prata om noll och ingenting. För Gabriel var det helt ointressant och påminde irriterande nog om uttråkande stunder med Nanna. Ett enda långt

54

slöseri med användbar tid där hon malde på om saker som han inte orkade lyssna på och där han för länge sedan gett upp hoppet om ett intressant samtal.

Han lät sig ändå övertygas om att sätta sig i soffan. Hon kröp ihop, mjukt som en katt, och lät fötterna vila mot hans lår och han protesterade inte. Så ställde hon frågor om honom och han svarade och kände sig snart bättre till mods.

Hon fyllde sitt glas igen och fyllde på hans som fortfarande var halvfullt. Vinet hade fått henne att slappna av och bakfyllan hade släppt sitt grepp om henne. Hon log, drog ständigt fingrarna genom håret och tittade intensivt på Gabriel med tindrande ögon.

Han drack det sista vinet i några klunkar och redan innan han ställt ner sitt glas på soffbordet hade hon rest sig för att hämta en ny flaska vin. Han försökte protestera men hon avbröt honom med ett:

"Det är lördag. Man får dricka vin på dagen då. Särskilt om man är konstnär, eller hur?" Hon blinkade flirtigt med ena ögat och log. "Det här är dessutom godare för det är kallt."

Ha tog en klunk av vinet, som inte alls hunnit bli särskilt kallt, och tänkte att poliserna förhoppningsvis var lediga här på lördagar. Om det ens fanns poliser i Ludvika. Men när han funderade på det hade han nog sett en polisstation bredvid systembolaget.

Jag får väl ta en lång promenad och dricka en massa vatten innan jag sätter mig i bilen igen. Eller käka något.

"Hur är det egentligen? Har ni poliser här i Ludvika? Eller är det medborgargarde som gäller?" Gabriel log åt sitt skämt men Anna verkade inte förstå ironin.

"Det finns en polisstation. Men det är bara folk där på typ vardagarna på dagtid." Anna tittade på Gabriel och log flirtigt. "Varför undrar du? Känner du dig hotad?"

Gabriel skrattade artigt och ledde sedan in samtalet på vad Anna tyckte saknades i Ludvika. Eftersom snygga män var det enda hon kunde komma på var den diskussionen snart över. Istället berättade Anna ingående om det begränsade men intensiva utelivet i Ludvika.

Vinet gick snabbt åt, mest på grund av Annas omättliga aptit på det. När de knäckt och druckit det mesta av andra flaskan hade det börjat märkas att hon var berusad. Gabriel började bli rejält uttråkad eftersom hon nu även hade svårt att hålla linjen i en ganska enkel konversation. Så han tömde de sista dropparna och satte sig upp i soffan för att markera att han var på väg.

"Jag köpte bara två flaskor. Visste ju inte att jag skulle trilla över dig." Anna lade sin hand på Gabriels arm innan hon fortsatte. "Men jag har en flaska whisky också. Eller så kan vi gå ut."

"Hur trevligt det än låter så måste jag hem och jobba snart." Gabriel insåg att det var viktigt att vara tydlig med sina intentioner. "Det var trevligt att träffa dig och vi har haft en härlig morgon tillsammans. Men jag är här för att jobba och disciplin är enda vägen till framgång."

Han anade besvikelse i hennes blick innan hon log förföriskt mot honom.

"Då ska vi väl inte sitta här och spilla tiden." Plötsligt låg hennes hand långt uppe på hans lår och hon flyttade sig närmare. När hon tryckte sina läppar mot hans besvarade han kyssen, mjukt och inkännande. Trots sina invändningar mot hennes personlighet tyckte han om hennes kyss och när hans hand hittat till hennes bröst under blusen kändes det ännu bättre. Hans missnöje med den kaotiska lägenheten glömde han helt i samma ögonblick som hon knäppte upp hans byxknappar.

Hon ledde honom till sängen men spjärnade emot när han försökte ta av hennes kläder. Men eftersom hon själv snabbt drog av sig nylonstrumporna innan hon lade sig så vågade hans hand leta sig upp under hennes kjol och innanför trosorna. Hon lade sig genast på rygg, särade på benen och andades häftigt. Det tog inte många minuter innan hon kom med ett ylande. På något sätt tyckte han att det var upphetsande att de fortfarande hade kläderna på. Det kändes nästan som att de gjorde något förbjudet. Så han drog bara hennes trosor till sidan, lade sig ovanpå och pressade sig in i henne med ett välbehagligt stön. Hon var skön men märkligt stilla. Hennes ögon fortsatte vara slutna under resten av samlaget. För honom var det upphetsande så han kom ganska snabbt. Det tog honom inte till några himlastormande höjder. Men det fick honom i alla fall att stöna till.

Det var först när han dragit sig ur som han insåg att hon sov. Först blev han rädd att hon tuppat av eller fått något slaganfall. Men när han ruskade på henne gnydde hon till och mumlade något obegripligt. Då fick han syn på ett blåmärke på hennes bröst som blottats när blusen kasat upp. Han lyfte lite mer på blusen och drog chockat efter andan. Både bröstet och midjan var fullt av blåmärken. När han rullade av henne såg han att även låren var fulla med samma typ av märken. Han drog ner hennes kläder och trasslade sig upp ur sängen, fylld av obehag och äckel.

Det kändes märkligt att vara uppe själv i hennes lägenhet. Men eftersom hon inte vaknade hur mycket han än skakade på hennes så hade han inget val. Han sköljde av sig i handfatet och letade sedan upp en bit skrynkligt papper från arbetsbordet. Efter att han skrivit att han skulle komma förbi som hastigast lite senare lade han lappen på hennes sängbord och gav sig av.

Fy fan, tänkte Lea. *Fy fan, vad det är svårt att vara människa.* Restaurangen hade inte öppnat än. Hon var där för att sätta på ugnen, lägga ut rena dukar på borden och dammsuga innan det var dags att öppna igen. Allt var redan gjord och nu satt hon där och väntade på Niklas, som hon skulle jobba med under den sena eftermiddagen. Johan skulle ju tydligen till sin pappa.

Det var inte ofta som Johan lät Niklas sköta hans jobb. Bara då och då när Johan hade tandläkartid eller saker i den stilen. Vilket han sällan hade. Men idag var det tydligen tillräckligt viktigt. Och hela dagen till och med. Vilket aldrig hade hänt innan. Lea tänkte att det egentligen inte var en dum idé eftersom Niklas faktiskt gjorde godare pizzor. Inget hon sagt till vare sig Johan eller Niklas. Vilket kändes helt idiotiskt när hon tänkte på det. Det var egentligen helt obegripligt hur hon gjorde sig till för att inte såra Johan när han själv tillät sig att vara en sån idiot gentemot henne. I det ögonblicket bestämde hon sig för att säga det till Niklas idag. Men så tänkte hon att sanningen om vem som bakar bäst pizza kanske inte var det viktigaste just idag.

Men att vara ärlig i en fråga är i alla fall ett steg i rätt riktning.

Restaurangen skulle först öppna sent på eftermiddagen så det skulle dröja minst en och en halv timme innan Niklas kom. Lea hade kommit mycket tidigare än vanligt till jobbet eftersom hon behövde komma hemifrån. Hela morgonen har hon försökt fly från sina tankar genom att arbeta. Men nu när det inte fanns mer att göra kom de åter för att plåga henne. Så nu hon satt vid ett av borden i pizzerian och stirrade framför sig.

Som planerat hade hon lagt sig i soffan och kollat film när hon kom hem kvällen innan. Hon hade myst till det med massa kuddar, en skön filt, chips och rött vin. Någonstans en bit in i den andra filmen klev Johan plötsligt in genom dörren. Hon hade blivit förvånad, men inte fått något svar på varför han kommit hem så tidigt. På Silver Dollar brukar banden spela till minst klockan två på natten. En stimma av hopp hade tänts i henne och hon hoppades för en kort sekund att han kommit hem för hennes skull.

Men när hon frågade honom, med sin mjukaste röst, varför han kom hem så tidigt hade hon inte fått något svar. Johan hade knappt tittat på henne utan gått rakt in i sovrummet. Ingen tandborstning och ingen godnattpuss. Bara ett ohörbart mumlande.

Lea fattade verkligen ingenting. De hade visserligen inte varit de bästa vänner när de skiljdes åt tidigare på kvällen. Men det fanns ingen logik i att han skulle komma hem och sura för det nu. Det måste ha hänt något annat. Ibland kunde vissa kvällar på Silver Dollar urarta i stora slagsmål och då blev alla utkörda och stället stängde. Om det hade hänt förklarade det Johans humör. Men då skulle han väl ha berättat det för henne? Eller?

Hon ropade in till honom i sovrummet med fick inget svar. Det var då hon ilsknat till. Nog för att Johan betett sig som en surgubbe länge nu men det här var långt ifrån okej.

Då hade hon plötsligt uppmärksammat en doft i rummet. Hon hörde Johan klä av sig och krypa till sängs samtidigt som hon sniffade för att försöka identifiera doften. Filmen hade hon redan glömt.

Vad är det för doft? Det är bara så bekant.

Hon hade rest sig ur soffan och gått in i sovrummet där Johan låg och såg ut som om han sov, vilket var omöjligt med tanke på att det högst gått en minut sedan han lagt sig.

Då slog insiktens blixt till. Dalí. Dalí Laguna. Det var det Johan kom hem och luktade. Hon var helt säker för hon hade själv haft den parfymen och använt den jämt tills hon en olycklig dag glömt den på ett vandrarhem i Aten.

”Johan...”

Plötsligt hade doften kommit över henne igen, starkare än innan. Han doftade också av någon blommig budgettvål. I den sekunden hade hon intensivt hoppats på att han skulle vända sig mot henne och berätta om någon tant som kramat om honom för att han lagat så god pizza. Men det uteblev. Johan låg fortfarande med stängda ögon fast hon stod precis bredvid och tilltalade honom. Då hade hon drabbats av en enorm ilska.

"Hur i helvete kommer det sig att du stinker parfym? Vad håller du på med egentligen?" Hon puttade demonstrativt till honom där han fortfarande låg och tryckte under täcket.

Johan gjorde ett försök att se yrvaken och förvånad ut.

"Vad är det frågan om? Varför väcker du mig?"

"Vi har fan varit ihop i två och ett halvt år. Försök inte lura mig. Ge mig en enda anledning till att jag ska sitta här och vänta på en kille som kommer hem och stinker parfym och inte ens ser mig. För du ser mig inte längre. Vad tror du jag är? Någon jävla anställd?" När Lea väl öppnat munnen kändes det som om hon inte kunde få stopp på orden.

"Varför ska du bråka jämt? Det här håller på att gå överstyr. Du kan ju inte väcka mig mitt i natten bara för att du är neurotisk." Johan gjorde sitt bästa för att skylla ifrån sig.

"Mitt i natten? Är du helt dum i huvudet? Du kom ju hem för en minut sedan. Och varför skyller du jämt på mig? Jag bråkar faktiskt inte så fort jag öppnar munnen. Jag försöker prata med dig. Men du skiter ju fullständigt i mig. Var har du varit? Vem har du varit med?" Den här gången tänkte Lea inte ge sig frivilligt. Nu fick det fan i mig vara nog.

"Det har du inte med att göra. Jag kan inte ta ett enda steg utan att du är där och hackar och tjatar. Jag har faktiskt behov av att få vara ensam då och då. Vi får snacka om det här en annan dag. Jag orkar inte nu. Jag behöver vara i fred och vila." Johan hade försökt med det sedvanliga distanserade snacket och avslutat med den alltför välbekanta sucken. Men den här gången kunde han inte få tyst på henne.

"Vara i fred? Vad fan! Om du hade varit så himla ifred så hade du väl inte kommit hem i ett moln av kvinnoparfym."

"Nu orkar jag inte med dig mer. Kan du inte fatta att jag behöver lugn och ro?" Plötsligt hade Johan rest sig upp, tagit sitt täcke och gått ut ur sovrummet. Lea hade följt efter.

"Jag då? Det handlar alltid bara om dig och vad du vill. Kan vi aldrig prata om mig och vad jag vill? Eller om oss? Det enda vi gör tillsammans är ju att jobba. I mitt förhållande till dig känner jag mig bara som en jävla servitris nu för tiden. Och en riktigt ful och tråkig sådan."

Johan hade ställt sig i dörröppningen till gästrummet.

"Du är en servitris. God natt." Så tog han ett steg in i gästrummet och smällde igen dörren. När Lea fick grepp om handtaget hade Johan redan hunnit låsa.

"Du är ett jävla svin. Ett satans, förbannat, egotrippat svin. Far åt helvete."

Hon hade sparkat på dörren samtidigt som hon skrek. När tårarna kom slutade hon sparka och skrika, gick in i sovrummet och stängde dörren efter sig. Hon kämpade hårt för att gråten inte skulle höras. Det nöjet skulle han i alla fall inte få.

Först fram på småtimmarna hade hon lyckats få kontroll över gråten. Hon hade pressat den långt ner i magen och där låg den ännu och isade och värkte. Efter att ha sovit några oroliga timmar hade hon klivit upp och gjort sig i ordning. Från gästrummet hade inte hörts ett ljud. I går hade hon velat veta vad som egentligen hänt. Velat skrika och bråka klart och sedan tala ut om det. Nu på morgonen hade hon bara känt en orkeslöshet på gränsen till likgiltighet. De kom ju ändå aldrig någon vart.

Hon hade gått hemifrån utan att äta frukost för hon ville på inga villkor riskera att vara kvar när Johan klev upp. Det var hans drag nu. Hon ville inte sitta hemma och vänta på att han skulle vakna om han ändå bara skulle vara taskig.

Därför satt hon nu på restaurangen och funderade. Hon visste varken in eller ut. Visste inte hur hon skulle reagera eftersom hon inte visste vad som hade hänt. Och så länge Johan vägrade berätta så hängde hon i ovisshet. Hon kämpade för att inte spekulera för mycket men det hade hon inte så mycket för. Bilder på Johan med en annan kvinna dök hela tiden upp på i hennes fantasi.

I nästa stund tänkte Lea att det nog bara var hans mamma som kommit förbi och hälsat på i restaurangen efter att hon gått hem. Det gjorde hon titt som tätt när hon var inne i staden för att träffa någon väninna. Johans mamma älskade parfym vilket också framgick väldigt tydligt. Doften av henne brukade hänga kvar långt efter att hon gått. Lea kunde dock inte minnas att hon någonsin haft just Dali Laguna, men möjligheten fanns. Och tyvärr skulle det vara typiskt Johan att inte berätta det bara för att göra henne osäker och sedan vända det emot henne.

Fan!

13.

När Anna vaknade till, där hon låg i sängen, kom hon först inte ihåg vad som hänt. Allt kändes som vanligt. Inte speciellt mysigt eftersom vinet dunkade i huvudet. Men ändå inte särskilt obehagligt. Bara som vanligt. Så slog det henne plötsligt som en blixt från klar himmel. Men ett ryck satte hon sig upp i sängen.

"Hallå", ropade hon rakt ut i den tomma lägenheten. Men det var för sent.

Han har gått. Fan, han har gått. Det får inte vara sant.

Men det var sant.

Jävlar, jävlar, jävlar. Varför blir det alltid så här?

Mer orkade hon bara inte tänka. Hon orkade inte gå igenom det. Fundera och åter fundera över varför det alltid går åt helvete för henne. Varför hon alltid blir lämnad. När hon klev upp ur sängen vacklade hon till och lappen, skriven av den hon nu sörjde, föll till golvet och in under sängen.

I köket tog hon fram en flaska whiskey och ett dricksglas som hon fyllde med den starka drycken. Efter ett par stora klunkar gick hon ut i rummet, med glaset i ena handen och whiskyflaskan i andra, och sjönk ner i soffan.

Vad fan hände?

Hon hade svårt att minnas. Efter en stund fick hon trots allt ganska tydliga minnesbilder av att de hånglade, lade sig i sängen och att hon vägrade ta av sig kläderna. Men vad som hände efter det var helt borta.

Låg vi med varandra?

Det kändes som om ångesten skulle kväva henne. Så lyfte hon blicken och tittade på sina målningar.

Han tyckte inte om dem. Han tyckte inte om mina tavlor. Han hatade dom. Någonting hade förändrats när de kommit hem till henne. När hon tänkte efter så kom hon inte ihåg att han sagt ett enda ord om dem. Inte ett endaste "vad fint" eller "intressant". Bara total tystnad.

Skit! Vem fan tror jag att jag är? Hur kan jag få för mig att en seriös konstnär ska bli intresserad av mig.

Plötsligt reste hon sig och sparkade hårt mot en av tavlorna så den flög iväg över golvet.

Jävla hela fucking livet!

Plötsligt började hon hulka av gråt. Men hon tvingade ändå i sig det sista i glaset för att sedan fylla på igen. På vingliga ben hämtade hon en kniv i köket. På väg tillbaka till vardagsrummet klev hon snett och slog i köksdörren. Eftersom hon var redigt full fick det henne att tappa balansen och hon var nära att ramla. I sista sekunden fick hon tag i dörrkarmen och där blev hon stående en stund i ett försök att samla sig. Vilket inte lyckades henne. Trots att hon hade riktigt svårt att fokusera släppte hon snart taget om karmen, klev ut i vardagsrummet, höjde handen och lyckades stöta kniven rakt igenom en av tavlorna. Hon hade lagt sådan kraft bakom hugget att kniven gått rakt igenom duken och fastnat i väggen. Med ett ryck fick hon loss den och rispade med stort hat sönder tavlan i tunna strimlor. Sedan gav hon sig på nästa. Och nästa.

Ilskan och bedrövelsen växte sig starkare. Men det var värre med hennes fokus. Till slut tvingades hon släppa kniven och vingla tillbaka till soffan. Väl på plats bland de silverfärgade kuddarna från Indiska klunkade hon i sig det sista i glaset och fyllde på igen. Hon tog ytterligare några klunkar innan hon lade sig ner för att vila lite. Men rummet snurrade alltför mycket. Sekunden efter lutade hon sig ut över golvet och tömde magen med ett vrål. Sedan slocknade Anna och hennes vackra huvud föll mot soffkarmen med en dov duns.

14

Han gick och gick. Bilen hade han lämnat utanför Annas lägenhet. Han hade ju druckit vin. Nog för att Anna druckit det mesta. Men hur det än var så kände han sig berusad. Om det sedan berodde på vinet eller på Anna visste han inte. Planen var att titta till henne lite senare så han lät bilen stå kvar. Hon hade sovit lugnt när han gick, men man kunde ju aldrig veta. Hon verkade ha riktiga problem med både alkohol och verkligheten.

Han var fortfarande skakad av det faktum att han haft sex med en kvinna som sov. Det kändes nästan som om han våldtagit henne. Fast utan att veta om det när det hände, förstås. Nog för att sexet var på hennes initiativ. Men det var ändå väldigt obehagligt att tänka på att hon inte varit medveten om vad som hänt.

De hade kört en bit från centrum, men inte särskilt långt. Han litade till sin förmåga att orientera sig och gick den väg han var övertygad om att de kommit från samtidigt som han funderade på det som just hänt. När han passerade polishuset kände han plötsligt igen sig. Det var här bredvid som han parkerat i morse. Han såg också fiket där de ätit frukost. Som siste man, innan de stängde, gick han in på systembolaget och köpte ett par flaskor rödvin. El Coto fick duga.

Sedan tog han en sväng genom centrum. Visst kunde han känna lite av den lördagsatmosfär som han tycker så mycket om. Men med mycket mindre intensitet än han var van vid. Han hade alltid älskat att tränga sig fram mellan människor på affärer under veckans denna mest frenetiska shoppingdag. Eller bara sitta på en bänk och suga i sig doften av förhoppningar, förväntningar, frustration och stress.

Han hade en lek. Det gick ut på att han valde någon i vimlet som han följde med blicken, eller ibland också rent bokstavligt, och målade upp den personens historia för sig själv. Det kunde handla om vart personen var på väg, hur den kände sig, vad den hade för mörka hemligheter, hur sexlivet såg ut, vad personen gjorde när ingen såg och vilka rädslor som var störst. Fantasierna följde inte något särskilt mönster utan kunde dra iväg i vilken riktning som helst.

En tjugotal meter framför honom kom ett par ut från en affär och blev stående utanför, tjafsande om något han inte kunde höra. Gabriel stannade och grävde i fickan efter cigarettpaketet som han utan stress tog upp, plockade ut en cigg och tände. Samtidigt hade han full uppmärksamhet på paret. De var båda klädda i blå mjukisbyxor, röda sportjackor och gröna gummistövlar. Han gissade att hon var någonstans i 50-årsåldern och han dryga 40. Kvinnan var osminkad och såg rätt sliten ut medan mannen bara hade ett fruktansvärt alldagligt och trist utseende.

Hans fantasier drog iväg honom till deras hem där han föreställde sig att hon gick runt i höga lackstövlar, snävt åtdragen korsett och sminkad på ett sätt så ingen av hennes vänner i hundklubben skulle känna igen henne. Dominant och uppfostrande gentemot sin man. Gabriel fantiserade vidare att mannen, som till en början gillat att bli piskad och förtryckt, nu börjat tröttna rejält men fortsatte spela med eftersom han trivdes så bra i hennes hus som hade både bastu och egen fiskesjö. Hur han tyckte det kändes alltför omständligt att bryta upp och börja om och hur han på senare tid istället tillfredsställde sig själv genom att titta på underklädessidor på nätet och tänkte att det fick vara bra med det. I Gabriels fantasi hade kvinnan märkt av hans svikande engagemang vilket fått svartsjukan att blossa upp inom henne. Gabriel drog djupa bloss på cigaretten och jobbade på att se ut som om han väntade på någon. Paret började gå åt hans håll och när de passerade hörde han henne väsa:

"Jag såg nog hur du kollade på hennes pattar."

Gabriel gjorde sitt bästa för att få sin skrattattack att låta som en hostning och vandrade nöjt vidare, bort från huvudgatan i en cirkel så han till slut trodde sig ha riktning mot Annas lägenhet.

När han passerade en pizzeria insåg han hur hungrig han var. Förutom att det nu var ett tag sedan han åt frukost hade han också ett uppdämt behov från dagen innan då det mest blivit cigaretter, förutom brunchen, och så några öl framför brasan på kvällen. Dörren stod öppen så han kikade in i vad som tycktes vara en helt öde restaurang. Han tog några steg förbi men ångrar sig, vände och klev in i restaurangen. En ensam kvinna satt vid ett bord. Hon tittade uttryckslöst på honom när han stövlade in så han blev stående vid ingången. Det var något som inte stämde. Han förstod inte varför hon satt där och stirrade på honom. Hon var klädd som en servitris, men eftersom hon inte reagerar så...

Då vaknade Lea till.

"Vi har inte öppnat än." Hon tyckte sig ana en glimt av besvikelse i hans blick. Mannen, som blivit stående vid ingången såg sympatisk ut. Rentav snygg. Det var något med honom som hon genast tyckte om.

"Men kom in ändå." Hon tänkte att lite sällskap kanske var just det hon behövde.

"Eh. Jag hade tänkt käka. Men det är alltså stängt?" Gabriel stod kvar i ingången och tvekade, förvirrad av de dubbla budskapen.

"Kom in. Det är stängt men det finns käk." Hon pekade på stolen mitt emot sig innan hon reste sig och gick ut i köket.

Gabriel tog de få trappstegen upp i restaurangen och tänkte att Ludvika kanske var för den nyfikne trots allt. När Lea kom tillbaka från köket med två stora glas med öl hade han hängt rocken över stolsryggen och satt sig tillrätta.

"Oj. Tack", hann Gabriel få ur sig innan Lea försvann ut i köket igen. Hon var strax tillbaka med en pizza, bestick och servetter. Hon satte sig mitt emot Gabriel och tittade på honom.

"Vi har egentligen inte öppnat än. Men jag är här ändå." Lea tog en paus innan hon fortsatte.

"Problem." Hon slog ut med armarna och himlade lite med ögonen när hon sa det. "Så jag gjorde mig en pizza. Jag har faktiskt aldrig gjort en pizza förut trots att jag jobbat här några år." Hon blev tyst ett litet ögonblick och verkade tänka på något innan hon tittade upp på honom och fortsatte.

"Men nu jävlar." Hon skrattade till och Gabriel log mot henne. "Vill du dela min första pizza med mig?" Hon tittade frågande på honom.

"Absolut", svarade han och fortsatte; "Jag är hur jävla hungrig som helst."

67

Lea delade upp pizzan i tårtbitar och sträckte över några servetter till Gabriel.

"Hugg in."

Och det gjorde Gabriel mer än gärna.

"När öppnar ni då? Jag trodde pizzerior alltid var öppna på helgerna. Att det var så folk fick tiden att gå i en sådan här håla, om du ursäktar."

"Vi är i Ludvika. Här fikar man på stan på lördagar." Lea gjorde en grimas innan hon fortsatte. "Det är klart att man skulle få en del gäster. Men inte så många så att det skulle vara mer värt än att ha halva dagen ledig istället."

Gabriel hade redan munnen full men nickade instämmande till Lea och svarade när han svalt.

"När jag tänker på det så är det nog fika som gäller i Stockholm också en lördag eftermiddag. Förutom för dom som hänger på typ Gröne Jägaren."

Leas såg med oförstående blick på Gabriel.

"Ett klassiskt sunkhak fullt av män som häver i sig enorma mängder öl. Ja, kvinnor också för den delen. Sjukt god pizza förresten." Han log uppskattande och gjorde tummen upp innan han tog ännu en tugga.

"Ja, det var den fan. Här har jag jobbat som servitris i två år helt i onödan. Dags att hoppa upp ett pinnhål på karriärstegen". Lea log nöjt åt sitt skämt.

De fortsatte att äta under tystnad. Trots att de inte kände varandra kändes det behagligt och deras blickar möttes då och då. När Lea svalt den sista tuggan på hennes halva lyfte hon sitt ölglas till en skål och Gabriel var inte sen att svara.

"Skål för brustna hjärtan", sa Lea.

Gabriel höjde sitt glas och drack stora klunkar. Den svala ölen smakade gott i hans törstiga strupe och efter den märkliga förmiddagen fick ölen honom att slappna av en smula. Han insåg dock att den även höjde promillen i kroppen som redan var för hög för att köra till torpet senare i eftermiddag.

Det får lösa sig.

68

När han sänkte glaset tittade han forskande på henne innan han höjde glaset igen.

"Ska vi skåla för kärleken också då för att få lite motvikt?"

Tanken var att lätta lite på stämningen men Lea såg bara allvarligt på honom.

"Finns den?" Hon såg ärligt skeptisk ut.

"Ja, inte vet jag. Men man får väl hoppas."

Plötsligt fylldes hennes ögon med tårar och han reagerade instinktivt med att lägga sin hand över hennes. Lea sträckte sig efter en ren servett och torkade bort tårarna som ändå fortsatte att rinna.

"Det är det här med kärleken". Hennes röst var lite svajig och gråten ryckte i hennes mungipor. "Jag tror att min kille var otrogen igår."

"Tror?" Gabriel bytte grepp om hennes hand och tog den helt i sin egen hand för att stötta henne. "Vad får dig att tro det?"

Lea berättade detaljerat om gårdagens händelser. Om hur hon och Johan gnabbats på restaurangen. Om hur han skulle träffa sin pappa istället för att gå ut med henne. Att han sagt att han skulle gå ut igår men inte undrat om hon ville med fast hon slutade innan honom. Att han kommit hem tidigt och luktat parfym, stängt in sig i gästrummet och att hon inte sett eller pratat med honom sedan dess.

"Det låter ju inte som en särskilt trevlig kille. Men han kanske bara behövde vara för sig själv ett tag. Så kan jag bli i alla fall. Men då försöker jag förstås att inte vara otrevlig. Bara tydlig."

Lea lyssnade på Gabriel och torkade ännu en tår som trillade över kinden.

"Brukar ni kunna prata med varandra eller blir det ofta så här?" Lea tänkte en stund innan hon svarade.

"I början pratade vi hela tiden. Det kändes som om vi tyckte lika om allt. Det var en helt underbar tid. Jag har nog aldrig varit så kär innan. Han fick mig att känna mig väldigt speciell." Lea log svagt åt sina minnen.

"Det är ju alltid lättast i början. När man inte upptäckt varandras skavanker." Gabriel tog en klunk av ölen innan han resonerade vidare.

"I början ger man ju oftast varandra hela sin uppmärksamhet. Det är när man börjar släppa in de andra delarna i varandras liv som problemen börjar. Det är i alla fall min erfarenhet. När man träffat någon som tycker att den har rätt att bestämma över ens prioriteringar. Nu pratar jag för egen sak, men när tjejen tycker att man umgås för mycket med sina kompisar, inte gillar ens föräldrar, tycker att ens skämt är pinsamma, har åsikter om ens frisyr och kläder, då är det på väg åt fel håll. Eller om jag tycker att det visar sig att tjejen inte är vidare smart eller självständig då är det också på väg åt fel håll. I början vill man träffas hela tiden. Men efter ett tag kan det fullständigt kväva en. I alla fall om man inte funkar som team. Om man däremot funkar som team är det säkert hur nice som helst att umgås jämt. Det allra bästa..." Gabriel tystnade, tittade ner i bordet och såg ut att fundera innan han lyfte blicken igen och tittade på Lea när han avslutade sitt resonemang.

"Men vad vet jag..."
Lea, som lyssnat uppmärksamt, tog vid.

"Du har rätt. Man vill att det ska funka till 100 %, att man ska vara ett sådant där bra team, som du säger. Men istället sliter man ut varandra genom att ständigt umgås utan att ha tillräckligt att ge varandra. Man vill tillbaka till den första, ljuvliga tiden men är hopplöst fast i någon slags känsla av oförmåga och otillräcklighet."

"Ja du. Det vet jag allt om. Där har jag varit många gånger." Gabriel log och tryckte Leas hand. "Hur får han dig att känna dig nu för tiden? Beskriv det med tre ord. Det brukar belysa läget."
Lea behövde inte tänka länge innan hon hade svaret.

"Tjatig, sur och irriterande."

"Oj!" Gabriel blev allvarlig igen. "Det var ju inget toppläge precis."

"Nej, det är det inte. Men jag står fortfarande med en fot i det som varit. Jag vill att det ska bli så där bra igen." Lea satt tyst en stund innan hon fortsatte.

"Ibland känns det som om jag fastnat i ett eget drama. Att jag vill bli plågad för att jag inte är värd bättre. För jag har ju faktiskt blivit surare, och det gör mig väl tjatigare och jag kommer fan ingen vart. Jag har jobbat här i två år utan någon som helst plan på att ta

70

mig någon annanstans. Och med det menar jag inte att det är något fel på att vara servitris. Men jag hade andra drömmar. Drömmar som jag bara låst in i garderoben och sedan slängt nyckeln." Lea suckade och klunkade i sig resten av ölen.

"Framför allt så ogillar jag den elaka bitch jag blivit. Fan, vad jag kan vara vass mot Johan. Det skulle jag aldrig vara mot någon annan."

"Och känslan av misslyckande inför att bryta upp, kanske? Det brukar kunna vara rätt påtagligt. Men man kan ju välja att tänka att man faktiskt lyckas med något genom att bryta upp. Nämligen att vara ärlig mot sig själv trots att man tvingats göra ett jobbigt val."

"Jo, det är faktiskt sant." Lea nickade instämmande.

"För ordningens skull vill jag meddela att du inte är vare sig sur, tjatig eller irriterande. Snarare tvärtom. Spontan, givmild och sympatisk. Helt enkelt en person man genast vill lära känna mer. Och dessutom väldigt vacker."

I samma sekund som Gabriel sa det visste han också att det var sant. Hon var vacker rakt igenom.

"Och dörren till garderoben där du gömt dina drömmar kan du bryta upp. Det behövs ingen nyckel om man har en kofot." Den sista kommentaren fick båda att skratta till.

"Tack, underbara främling för sällskap och coachning. Får jag bjuda på en öl till?"

"Jag vet inte hur jag ska lyckas klara av att köra hem sen men okej då… ja, tack. Det får du gärna."

När Lea dukat av tallriken och servetterna och fyllt på ölglasen frågade hon nyfiket om Gabriel.

"Vem är du och vad gör du här?"

Gabriel berättade lite kort om sin karriär och att han var här för att få lugn och koncentration för att måla. Att han hade en idé om en serie målningar som skulle funka både tillsammans och var för sig och att det var själva grejen då det handlade om självständighet och ensamhet kontra gemenskap och förtryck/kontroll. Han var nu i läget där han hade några varianter på idén och därför ville testa hur det kunde bli när han väl målade. Men han hade inte börjat än för han kom igår och nu satt han här.

”Vilken tur för mig”, log Lea.

Vilken tur för mig.

Av bara farten, och för att han kände sig så bekväm med sällskapet, berättade Gabriel om uppbrottet från Nanna och hur märkligt det blivit med vännerna som tyckte de behövde ta parti för någon av dem. Att han själv blandat ihop hopp och drömmar med kärlek. Och för första gången i sitt liv hörde han sig själv berätta för en annan människa hur mycket han längtade efter kärlek. Att få vara ett perfekt team med en annan människa.

Lea lyssnade och såg på honom med allvarliga ögon. När han tog en paus i sin berättelse lade hon huvudet på sned och tittade intensivt in i hans ögon.

”Det där med perfekt team är verkligen ett skitbra uttryck. Man brukar tala om den stora kärleken. Men det kan man applicera på nästan vem som helst av ren och skär vilja. Men när man börjar prata om perfekt team så är det plötsligt inte många som platsar. Om ens någon…” Hon log lite och verkade försvinna in i sina tankar.

”Fan…” sa hon tyst för sig själv innan hon tittade upp på honom igen.

”Har du någonsin varit i ett perfekt team?” Hennes blick var fylld av vänlig nyfikenhet.

”Nej. Tyvärr.”

Hon kunde ana ett stråk av vemod i hans blick trots att han log.

"Hej. Varför är dörren öppen? Är det inte kallt här inne?" Både Lea och Gabriel ryckte till av förvåning när Niklas plötsligt stod i entrén. Han drog igen dörren efter sig och kom upp i restaurangen.

"Vi var nog så inne i det vi pratade om att vi inte tänkte på det.” Lea log mot Niklas. ”Men nu när du säger det så är det nog rätt kallt." Lea sträckte på sig och huttrade till.

"Jag fick så trevligt sällskap. Det här är..." Lea tittade frågande på Gabriel.

"Gabriel", sa Gabriel och sträcker fram handen för att hälsa på Niklas.

"Niklas." Båda hade ett handfast grepp och log svagt mot varandra. Sedan vände sig Gabriel mot Lea och sträckte ut sin hand.

"Jag tror inte vi blivit presenterade. Gabriel."

"Lea. Angenämt."

Gabriel hade ingen aning om vem Niklas var och vad han gjorde här. Men på den lätta stämningen antog han att det inte var Leas kille i alla fall. De verkade snarare vara polare så han tänkte att han skulle lämna dem ensamma en liten stund så hon fick uppdatera honom på läget. Så Gabriel, reste sig och tittade frågande på Lea samtidigt som han mimade "toaletten". Hon pekade ut riktningen och när han styrde iväg genom restaurangen satte sig Niklas bredvid Lea och såg bekymrat på henne.

"Hur är det? Har du gråtit? Är du ledsen?" Hans fingrar strök henne över kinden när han stilla förde en hårslinga bakom örat.

"Det är Johan. Igen." De såg på varandra och Lea himlade menande med ögonen. "Jag tror att han har varit med någon annan." Lea fick återigen tårar i ögonen.

"Va? Vem då? Varför tror du det?" Ilskan rusade till direkt.

"Jag vet inte. Och han har inte erkänt något. Men jag känner mig rätt övertygad. Han kom hem bara några timmar efter mig i går fast han borde kommit hem sent."

"Han gick tidigare i går. Strax efter nio." Niklas tankar for kors och tvärs när han försökte erinra sig gårdagen.

"Han kom hem runt elva. Luktade varken rök eller sprit så jag tvivlar på att han var på Silver Dollar. Däremot stank han parfym."

"Parfym? Vad fan?" En misstanke började ta form i Niklas huvud. "Vad sa han om det då?"

"Ingenting. Du vet ju hur han är mot mig nu för tiden." Lea suckade tungt innan hon fortsatte. "Han knappt hejade när han kom in. Gick och lade sig direkt. När jag försökte prata om det fick jag höra den gamla, vanliga visan om hur tjatig jag är och sedan låste han in sig i gästrummet."

"Vilket svin. Fan Lea. Han är min kompis och allt. Men alltså… Det är inte ok. Det är bara för svinigt." Plötsligt föll bitarna på plats för Niklas. Johan hade så klart något ihop med den blonda. Hennes intresse för Johan har inte undgått honom. Hur hon spanar när han står i fönstret och röker i restaurangen. Och igår hade Johan fått väldigt bråttom strax efter att den hon lämnat restaurangen.

”Det värsta är att han inte pratar med mig. Han behandlar mig som skit. Det finns inte en tillstymmelse av respekt. Jag vill faktiskt vara mer än en servitris.”
Niklas såg ömt på henne och kunde inte motstå frestelsen att krama om henne.

”Underbara kvinna. Du är så mycket mer än en servitris. Varför sitter du här, förresten? Om han behandlar dig så här dåligt ska du väl inte rusa hit, som en annan slav, för att sköta hans restaurang. Jag ringer honom och säger att han får komma hit och jobba själv.” Niklas var helt omtumlad av både ömhet och ilska.

”Ja, det vore faktiskt skönt.” Lea andades ut lite och kände hur skönt det var att få lite omsorg.

Niklas reste sig, tog fram sin mobil och gick ut i köket samtidigt som Gabriel kom tillbaka från toaletten.

”Niklas ringer Johan och säger att han måste jobba istället för mig", informerade Lea.

”Bra idé. Du behöver nog vara för dig själv ett tag. Eller hur?” Gabriel lade sin hand på hennes axel och såg henne djupt in i ögonen.

”Ja, jag antar det.” Lea var glad för den trygga handen på axeln men vek undan för blicken. Sanningen var att Lea ville allt annat än att vara ensam. Hon ville slippa möta alla de känslor som surrade i henne. Samtidigt visste hon att hon måste. Tiden med Johan hade gjort henne alltför osjälvständig och när hon nu hade hamnat i den här situationen kände hon att hon inte riktigt visste vad hon ville eller vad hon kände. Enda sättet att ta reda på det var att vara med sig själv.

"Jag måste dra. Stå på dig nu, Lea. Kompromissa inte med din lycka." Gabriels hand kramade om hennes axel lite extra och fick henne att titta upp.

"Jag ska göra mitt bästa. Lycka till du också." Hennes hand vidrörde hans innan han släppte henne. Han lutade sig fram och kysste Lea på kinden innan han gick mot dörren. Niklas kom tillbaka från köket lagom till att männen hann nicka åt varandra innan Gabriel försvann ut på gatan.

Niklas tog upp en nyckelknippa ur sin ficka.

"Här. Ta mina extranycklar. Kom till mig om du behöver någonstans att ta vägen. Kom precis när du vill. Det gör inget om det så är mitt i natten. Om du behöver vara i fred kan jag bo någon annanstans ett tag. Lämna honom - om inte annat så i alla fall för någon dag. Så han förstår att du menar allvar. Du kan inte låta honom behandla dig på det här viset." Niklas menade vad han sa och ville verkligen övertyga Lea om att det var det enda rätta. Han tryckte nycklarna i hennes hand och slöt sin hand kring hennes i några sekunder.

"Det kanske är en bra idé. Åh, Niklas, jag kan inte tänka klart. Allt är helt förvirrat. Jag vet inte vad jag vill." Hon lutade sitt huvud mot hans mage och han strök henne mjukt över håret.

"Ge dig tid att tänka efter, då. Bo hos mig ett tag. Jag kan pyssla om dig ... om du vill." Hans röst darrade till, men det hörde inte Lea.

"Du är fin du, Niklas." När hon sträckte sig efter hans hand såg han hennes ögon fyllas av tårar. Det gjorde ont i honom att se henne ledsen. Men mest av allt kände han ett raseri. Han var gränslöst förbannad på Johan. Den jäveln fattade inte att uppskatta det underbara han hade.

Han fattade Leas hand, drog upp henne på fötter och höll om henne. Ömt men ändå fast och beslutsamt. Så blev de stående en lång stund. Snart skulle Johan komma och Niklas visste att det inte var någon idé att fråga honom om vad som hänt. Det fanns ingen uppriktighet eller samhörighet mellan dem längre. All energi skulle gå åt till att låtsas som om allting var som vanligt. Att ingenting hade hänt. Att känna sig som en feg jävel för att han inte pressade Johan.

"Det är nog bäst att jag går nu." Lea försvann ur omfamningen och tog av sitt förkläde.

"Det tror jag också. Då kanske vi ses i kväll?" Niklas log mot Lea.

"Jag vet inte. Vi får se." På vägen ut tog hon på sig sin parkas som hängt över en stol i restaurangen. Hon höjde handen till en avskedsvink och så var hon ute på gatan. Men i stället för att gå hem korsade hon gatan och ställde sig i porten mitt emot pizzerian. Där stod hon och spanade efter Johan. Hon ville så gärna se om det syntes på honom att han var berörd av det som hänt mellan dem.

Att det skrämde honom eller gjorde honom ledsen. Inför henne var han bra på att kontrollera sina känslor. Men Lea tänkte att han kanske släppte lite på den kontrollen när han gick för sig själv på gatan. Gjorde han det var det kanske också möjligt för henne att ana sig till hans sinnesstämning. Hon ville så gärna att han skulle vara ledsen. Att han egentligen inte var så kall inför henne som det verkade.

Men när han äntligen kom gående på motsatt sida, och var så nära att hon skulle kunna se hans ansikte, var hennes ögon så fyllda av tårar att allt hon kunde se var en lång, suddig gestalt som snabbt försvann in på restaurangen.

15.

Det var redan eftermiddag, men Kessa låg fortfarande i sängen, och försökte förtränga faktumet att en ny dag hade börjat på andra sidan täcket, när det bankade obarmhärtigt på dörren. Kessa virade täcket om sig och grep efter cigaretterna på vägen till dörren. Det var Mari som stod utanför och såg fullständigt uppjagad ut.

"Du måste hjälpa mig. Jag klarar inte detta."

Antingen är det slut eller så har han friat.

Kessa backade in i lägenheten för att släppa förbi Mari som klev in, kämpade en stund för att ta sig ur de höga favoritstövlarna, släppte jackan på golvet och stirrade sedan stint på Kessa.

"Du kan aldrig gissa vad som hänt." Mari himlade dramatiskt med ögonen. Kessa tände lugnt en cigg och gick före in i köket.

"Han har äntligen friat, eller hur?" Kessa tryckte igång vattenkokaren medan hon drog djupa bloss på cigaretten. Mari stannade till och stirrade förvånat på Kessa. Nu var det hennes tur att himla med ögonen.

"Men Mari, ge dig. Det här har du väntat på sedan ni träffades. Jag fattar inte varför allt måste vara så dramatiskt. Sätt dig!"

Mari satte sig lydigt och berättade trevande medan Kessa dukade fram koppar, teskedar, pulverkaffe och mjölk.

"Jo, visst har jag det. Jag har föreställt mig situationen hur många gånger som helst och varje gång har jag alltid blivit så fantastiskt lycklig. I mina drömmar alltså. Men när det till slut hände på riktigt blev jag fullständigt panikslagen."

Mari sträcker sig efter Kessas cigarettpaket.

"Kan jag ta en?"

"Du kan ju inte röka. Skit i det och fortsätt berätta istället."

"Men jag behöver något för att lugna mig."

"Du får snart kaffe."

"Okay. Jo. Den stackaren hade gjort det mysigt igår med champagne och allt. Fast då sa han inget. Vi blev upptagna med annat."

"Du kan hoppa över detaljerna kring det. Kom till saken."

"Det var i morse innan han stack iväg till jobbet. Hela bilden var precis som jag tänkt mig. Han tittade på mig med kärleksfulla ögon och förklarade hur mycket han älskade mig och så i samma andetag kom det… vill du gifta dig med mig? Och jag bara stirrade på honom. Jag måste ha sett helt galen ut för jag såg hur hans leende liksom falnade och blev lite osäkert. Men han var i alla fall samlad och sa att han förstod om jag ville tänka över saken och att han skulle lämna mig ifred ett tag. Och så gick han."

"Ingen puss?" Kessa hällde upp varmt vatten i deras koppar innan hon satte sig mitt emot Mari. De tittade en stund på varandra under tystnad. Så skakade Mari långsamt på huvudet. Kessa svarade med att rynka ögonbrynen.

"Inte bra." Hon såg allvarligt på Mari som fick något desperat i blicken. Så sken Kessa upp i ett leende.

"Jag skojar. Klart det ordnar sig. Säg ja, så är det klart. Du kommer att bli den perfekta veterinärshustrun. Uppe i gryningen för att göra i ordning hans matpaket. Och sedan står du där, i ur och skur, och vinkar farväl i dörren. Du vinkar och vinkar tills du inte kan se hans bil längre och så en stund till." Kessa tog en servett från hållaren på köksbordet och illustrerar överdrivet. "Farväl, min älskade. När ses vi igen? Mitt hjärta längtar redan. Ack, ve."

Mari kunde inte låta bli att skratta.

"Du har säkert rätt. Det känns bara så definitivt. Ska jag aldrig vara med någon annan nu?"

"Men människa! Det vill du ju i alla fall inte. Vare sig ni gifter er eller inte är det bara Mark du dreglar efter. Vad som sedan händer i framtiden vet vi inget om. Det finns faktiskt inga garantier för något som helst i den här världen. Det enda man vet något om är nuet. Och nu är du dödligt kär i Mark. Så njut av det och gift dig."

Kessa hade plötsligt blivit riktigt engagerad i frågan och Mari blev både förvånad och fascinerad över Kessas lilla tal.

"Klokt talat, kamrat. Med tanke på att det kommer från en ilsken, karlhatande feminist var det extra romantiskt. Och insiktsfullt. Jag är helt enkelt imponerad."

"Och övertygad?" undrade Kessa med en frågande min.

"Tveklöst!"

Kessa reste sig med ett belåtet leende för att plocka fram en påse med croissanter som hon just kom på att hon hade köpt dagen innan.

"Själv då? Hur var det igår? Hände det något kul?"

Kessa mulnade genast till. Innan hon svarade rev hon av en bit av en croissant och stoppade i munnen. Smulorna som föll ner på köksbordet föste hon långsamt ihop i en liten hög medan hon pratade.

"Min kväll med Anna varade som högst fem minuter efter att ni gått. Plötsligt var hon inne i köket och fick till en dejt med herr Otrogen och sedan var den kvällen förbi.

"Jobbigt, jobbigt." Mari lade upp en bekymrad min och suckade. "Man undrar hur det ska sluta. Den tjejen har ju ingen som helst självbevarelsedrift. Kan man åka på en smäll ser hon alltid till att hålla sig framme. Varför kan hon inte falla för en normal, snäll och framför allt singel kille?"

"För att det skulle vara alldeles för tråkigt. Hon är ju trots allt konstnär." Kessa kunde inte hålla tillbaka spydigheterna. "Och för att en normal kille aldrig skulle ge sig in i ett förhållande med Anna. Eller så skulle han vara en man utan egen spänning i livet som skulle bejaka hennes dramatiska sida och beundra henne rakt in i döden." Kessa gjorde en paus och tände ytterligare en cigarett.

"Orkar du ringa henne och kolla läget?"

Mari nickade till svar och ringde genast från sin mobil som låg framför henne på bordet. Hon slog på högtalarfunktionen så de båda kunde höra signalerna som gick fram. Inget svar.

"Ska vi gå dit?"

"Mmm. Vi tar en påtår först, va? Och en croissant till. Tar du fram smör och ost?" Kessa reste sig och gick, med ciggen i mungipan, till sovrummet för att klä på sig.

Mari plockade fram påläggen och kände mitt i eländet att det trots allt var skönt att det inte var hon som hade de största problemen. Skulle hon vara riktigt ärlig så hade hon ju egentligen inget problem. Hon behövde bara få tag på Mark. Men först måste de kolla Anna. Hon ville inte lämna Kessa ensam med det. Det hade hon redan gjort alltför många gånger.

16.

De gick den korta vägen till Anna under tystnad. Väl framme kände Kessa på dörren som var upplåst. Medan de trasslade av sig ytterkläderna ropar de in i lägenheten utan att få svar. De hann utbyta bekymrade blickar innan de möttes av en skrämmande syn. Och stank. Anna låg på soffan, till synes helt borta. På bordet stod två tomma vinflaskor, tre glas och en halvt urdrucken whiskyflaska och under soffbordet flöt en rejäl spya.

Kessa blev först helt livrädd, för där Anna låg, helt stilla och blek, såg hon nästan ut att vara död. Så hon skyndade fram till soffan och satte fingrarna på Annas hals. När de möttes av de taktfasta slagen andades hon ut och nickade lugnande mot Mari.

"Vad fan?" Det var allt Kessa hann säga som kommentar till de förstörda tavlorna innan det bankade på dörren. Kessa och Mari såg förvånat på varandra.

"Vem kan det vara? Prinsen från igår?" Kessa gick ut i hallen för att öppna. Utanför stod en man hon aldrig sett förut. De stirrade förvånat på varandra några sekunder innan han fann sig.

"Jag söker Anna."

Kessa synade honom noga innan hon svarade.

"Hon är tyvärr indisponibel."

Gabriel kunde inte undgå ironin i hennes röst.

"Jag heter Gabriel." Han sträckte fram handen till en hälsning innan han fortsatte. "Vi träffades i morse, Anna och jag. Av en slump bara på ett fik. Ja, jag är också konstnär och vi kom att prata om konst. Hon ville gärna visa sina tavlor så jag följde med hit. Men hon blev lite… trött… så jag gick. Men så tänkte jag att det kanske var bäst att kolla läget."

Kessa fattade hans hand och gillade genast det fasta handslaget. Hon tittade forskande på Gabriel.

"Lite trött? Du menar trött som i aspackad?"

När Gabriel nickade till svar fortsatte hon.

"Det var snällt formulerat. Hur mycket drack hon egentligen? För nu är hon helt utslagen."

Kessa förundrades över Annas förmåga att ständigt hitta nya män. Igår var herr Pizzabagare den enda och inte ens 24 timmar senare stod en snygging och knackade på hennes dörr. Som dessutom verkar sympatisk.

”När jag var här öppnade hon två vinare och om sanningen ska fram så drack väl hon det mesta. Och visst blev hon sluddrig men inte i närheten av redlös. Fast hon verkade lite sliten. Det kanske också gjorde att hon somnade.” Gabriel försökte uttrycka sig så okritiskt som möjligt men ville ändå vara ärlig.

”Bakis? Jo, det stämmer. Och jag gissar att hon drack mer efter att du gått. För det står en flaska whisky på bordet också.” Kessa gjorde en paus och verkade fundera på något. Så såg hon Gabriel stint i ögonen.

”Anna kan bli rätt desperat. Jag hoppas att du inte tänker utnyttja det.”

”Jag är ledsen…” Gabriel letade efter orden. ”Hon var väldigt påstridig.”

Kessa suckar tungt och uppgivet.

”Ja, alltså…” Gabriel skämdes genast för att han skyllde ifrån sig. ”Jag tar så klart ansvar för min del. Jag hade inte själv tagit första steget, om du förstår, men många av oss har ju svårt att säga nej… Man dras liksom med…”

”Ja, jag ska inte uppfostra dig. Men jag ber dig ta det lugnt om du inte menar något med det för hon är väldigt skör.”

Gabriel såg i hennes blick att hon menade allvar.

”Jag förstår. Absolut. Kan jag hjälpa till på något vis?”

”Välj själv. Det är ingen vacker syn. Men det är klart, jag skulle behöva hjälp av en stark person för att få ut henne i duschen. Kan det vara något?” Kessa väntade inte på svar utan vände och gick in med Gabriel lomandes efter sig.

Synen var inte vacker men han hade varit med förr. Han skakade hand med Mari. *Snygg. Riktigt snygg.*

”Det här hade inte hänt när jag gick.” Gabriel hade fått syn på de sönderskurna tavlorna.

”Det där… Det får vi nog ingen förklaring till.” Kessa såg uppgiven ut och Mari nickade medhållande.

"Hon har antagligen själv glömt varför när hon nyktrar till."

Så ryckte Kessa upp sig, tog ledningen och fördelade arbetsuppgifterna kring omhändertagandet av Anna. Kessa och Gabriel skulle med gemensamma krafter släpa ut Anna till duschen medan Mari tog sig an spyan för att sedan assisterade Kessa med själva duschandet.

Mari satte genast igång med att torka golvet medan Gabriel och Kessa diskuterade bärteknik. De kom fram till att Gabriel skulle ta tag under armarna och Kessa lyfta benen. Ingen av dem förväntade sig längre, efter att ha försökt, att de skulle lyckas väcka Anna och få henne att hjälpa till och gå själv.

Den utslagna kroppen kändes oöverstigligt tung men Kessa bet ihop och tog i allt vad hon orkade. Gabriel hade svårt att få ett bra grepp om Anna som var helt ledlös och liksom gled ur hans armar. Flera gånger fick han sätta upp benet i hennes rygg som stöd så han kunde få nytt, bättre grepp. Han snubblade till på tröskeln in till toaletten och fick Kessa att också tappade balansen. Tack och lov ramlade de inte med Kessa började fnissa hysterisk. Gabriel smittades av skrattet och började också fnissa åt det absurda i situationen.

Till slut lyckades de i alla fall få ner Anna i en sittande position, lutad mot väggen, på golvet i duschen. När de släppt taget om Anna och sträckte på sig hade hennes kjol glidit upp längs benet och blottat några av blåmärkena. Kessa såg på Gabriel som skakade febrilt på huvudet.

"Hon hade dem redan. Jag såg det först efteråt och då hade hon somnat så jag kunde inte fråga."

"Fan, det måste vara den där jävla pizzabagaren", mumlade Kessa för sig själv.

"Vem?"

"Strunt i det. Byter du av och ber Mari komma? Även om du redan sett de privata delarna..." Hon höjde menande på ögonbrynen.

Gabriel nickade lite skamset och försvann ut i vardagsrummet.

"Kommer strax", ropade Mari från köket. Kessa började knäppa upp Annas kjol och blus och fick genast syn på alla märken som täckte hennes överkropp. Det hade sett illa nog ut på benen, men med alla märken på brösten och magen dessutom såg det helt brutalt ut. När Mari kom in i badrummet drog hon häftigt efter andan.

"Vad i hela..."

De stod helt tysta och chockade en stund och tittade på Annas kropp.

"Vad är det som hänt här? Tror du att han..." Hon gjorde en gest ut mot Gabriel men Kessa skakade på huvudet.

"Det här får vi gå till botten med när hon vaknar. Det är fan inte okej."

"Nej, fy fan."

Med gemensamma krafter lyckades de baxa av henne kläderna. Trosorna klippte de sönder. När de obarmhärtigt kalla vattenstrålarna nådde Annas nakna hud vaknade hon till lite med ett stön. Hon rörde långsamt armarna i ett desperat men misslyckat försök att komma undan duschen. En gul ström av urin blandade sig med vattnen på duschkabinens golv.

"Patetiskt." Kessas röst var hård och kall men inuti henne gjorde det riktigt ont nu. *En dag hinner jag inte fram.*

Kessa vred upp för varmvattnet när hon insåg att det inte skulle gå att väcka Anna helt. Nu gällde det bara om att duscha henne fri från spyor och urin och få henne i säng.

När de var klara täckte Mari henne hjälpligt med handdukar och kallade åter in Gabriel för att få hjälp att bogsera henne i säng. Efter lite slit låg hon på mage med en handduk under huvudet och en hink nedanför på golvet.

"Ska vi inte ta en kopp te?" undrade Mari och de andra höll med. Fönstret i rummet hade stått på vid gavel en stund så stanken av spya var i det närmaste borta. Att Mari tänt tre ljus med vaniljdoft hade också hjälpt till. Gabriel diskade koppar medan Kessa torkade bordet och plockade bort flaskor och glas. Mari satte på tevatten och letade fram te och tesil. När teet var klart satte sig Mari och Kessa i soffan och Gabriel på en stol mitt emot.

"Hon är en väldigt fin och rolig tjej också", började Kessa.

"Jag förstår det. Och jag uppskattar att du säger det. Men jag visste att hon inte var min typ innan det här." Gabriel pekar mot tavlan. "Det var oro som drev mig tillbaka hit, inget annat. Trots att vi… ja, ni vet."

"Du var ju i alla fall hygglig nog att komma tillbaka och kolla. Sådana män har vi inte så gott om i Ludvika." Kessa log mot Gabriel.

Så släppte de ämnen och pratade om annat. Gabriel berättade vad han gjorde här och frågade Kessa och Mari om vad de arbetade med. Samtalet flöt snart lätt och en mysig stämning lade sig över rummet.

Både Mari och Kessa fattade snabbt tycke för Gabriel. Mari tycke dessutom att han var en läckerbit och tänkte att om det inte vore för Mark så hade hon nog slagit på charmen för fullt. Fast det kanske hade känts märkligt gentemot Anna när hon tänkte efter.

Nåväl, fantisera får man väl ändå.

Hon tog sig ändå friheten att kolla in hans rumpa när han reste sig för att gå på toa. Kessa harklade sig och gjorde en min när hon såg hur Mari kollade in honom. Mari svarade med en överdrivet oskyldig min och de fnissade så tyst de kunde för att han inte skulle höra.

Väl tillbaka från toaletten undrade Gabriel hur det var att leva i Ludvika. Han gjorde också en reflektion över de typer har sett i centrum under dagen och vad som verkade vara den rådande stilen. Om foppatofflor, gummistövlar och mjukisbrallor. Kessa och Mari skrattade igenkännande och fyllde på med ohyggligt smaklösa tatueringar, ölmagar, och reklamkepsar.

"Ja, då förstår du vilken udda typ jag är här" skrattade Kessa. "Du är också rätt udda, Mari, men du är så kvinnlig så alla köper det ändå. Men jag… Du kan inte ana hur många tjejer som tjatat på mig att jag måste börja sminka mig."

"Det är sant" replikerade Mari. "Stackars Kessa har ju rykte om sig att vara lesbisk på grund av sin stil. Inte för att det är något fel på att vara lesbisk. Men om man inte är det, som Kessa, så blir det inte så många pojkvänner. Och det är helt sjukt för hon är världens bästa tjej." Mari log och blinkade till Kessa som log tillbaka.

"Och det är ju helt sjukt att man i den här landsändan har en överenskommelse om att lesbiska kvinnor inte sminkar sig. Och det är bara början. Man blir sååå trött." Kessa suckade.

"Knas" svarade Gabriel. "Det verkar lite inskränkt här."

"Inskränkt är bara förnamnet. I Dalarna ska män vara män och kvinnor vara kvinnor och fikus bara en växt."

Gabriel började gapskratta. Kessa log och fortsatte.

"Det är sant. I kommunvalet var vi 25 personer som röstade på FI. 25 personer."

"Oj. Det var inte många."

"Eller hur? I riksdagsvalet fick Sverigedemokraterna näst flest röster från Ludvikaborna. Man blir fan mörkrädd. I den här staden gillar man varken invandrare eller kvinnor."

"Du borde ge dig av. Om det är som du säger är här staden är för trångsynt för dig." Gabriel menade verkligen vad han sa. "Vad saknar du mest? Jag menar om du skulle flytta, vad skulle vara viktigast för dig med din nya plats?"

Kessa blev förvånad över frågan men hämtade sig snabbt. Hon hade aldrig, på allvar, planerat att flytta men hon visste vad hon saknade.

"En stad där man kan vara både anonym men också ha sin del där man hör till. Typ kompisgäng eller kollektiv eller ett spännande jobb. Att det ska vara högt i tak, alltså att det finns stor respekt för olika åsikter, religioner, stilar och etnisk tillhörighet. Där nyfikenheten för det annorlunda och nya är starkare än rädslan."

"Låter som Berlin." Gabriel log.

"Det måsta vara lätt att få tag på jobb och lägenhet", fortsatte Kessa.

"Det låter också som Berlin. Har du varit där någon gång?"

Kessa skakade på huvudet.

"Okey. Men nu vet du vad du måste göra. Det är inte bra att hänga sig kvar vid platser där man känner sig som en utomjording. För rätt var det är tror man på det. Att man är den som är fel."

Kessa tittade förundrat på Gabriel. Mari tittade förundrat på dem båda innan hon bröt tystnaden som följde av Gabriels lilla brandtal.

"Det är fan sant Kessa. Jag känner mig inte helt smickrad av att tillhöra gänget som nöjer sig med att bo här. Men jag gör faktiskt det hur mycket jag än fantiserar om annat. Men du, Kessa… det känns som du står och väntar. Och jag tror du väntar på något annat än det jag alltid väntat på. Där jag står nu."

"Ja, kanske det", sa Kessa för hon kom inte på annat att säga. Men hon kände hur rätt de hade. Hon blev också väldigt smickrad av Gabriels engagemang.

Gabriel reste sig, gick över till Annas arbetsbord, som var överbelamrat med grejer, och kom tillbaka med papper och penna.

"Nu skriver jag upp de ställen du absolut inte får missa i Berlin."

Gabriel började skriva och berätta, allt eftersom han skrev upp, vad det var för slags ställen. Listan blev lång och innehöll konstgallerier, konstnärskollektiv, klubbar, barer, restauranger och billiga hotell. Kessa blev helt varm av den uppmärksamhet hon fick. Han skrev också ner sitt telefonnummer och berättade samtidigt att han ofta stängde av telefonen, som nu i Ludvika, när han jobbade så det var bra att ringa i god tid och lämna meddelande.

Kessa skrev genast upp hans nummer i sin mobil och skickade ett mess till hans telefon så han skulle ha det när han satte på den igen.

Efter någon timme kände Mari hungern krypa sig på och undrade om de andra kände för att äta något. Det gjorde de så de enades om att Kessa och Gabriel skulle åka till grillen och hämta hamburgare. De tog Gabriels bil eftersom det var en bit att gå och de inte ville att hamburgarna skulle hinna kallna. Gabriel sa inget om att han även druckit öl under dagen eftersom han inte kände av det längre. Och Anna hade ju sagt att de inte hade någon polis här på helgerna.

När de parkerat kände Gabriel igen sig. Den var här han kört förbi kvällen innan och sett några ungdomar stå och glo på en raggarbil. Han skulle precis berätta för Kessa när han hörde henne sucka Kessa högt för sig själv.

"Åh, nej."

"Vad är det?" undrade Gabriel nyfiket.

"Bruden som jobbar i kiosken har gått i min klass. Så jävla pantad. Och så nyfiken. Hon frågar alltid om jag har hittat kärleken och det har jag ju aldrig och det ger ju henne möjligheten att "tycka synd om mig". Kessa tecknade citationstecken i luften samtidigt som hon himlade med ögonen. "Vansinnigt irriterande att jag kan bjuda på det varje gång".

"Inte den här gången", sa Gabriel och lade resolut armen om hennes axlar. Kessa hängde genast på och lade sin arm runt hans midja. Eftersom det inte var några andra kunder i grillen fick den gamla klasskompisen syn på dem där de kom gåendes och det var tydligt att hon inte kunde dölja sin förvåning. Hennes ögon blev stora och hakan gled ner mot bröstet när hon insåg att det var Kessa som kom spatserande med en mans arm om sig. Men hon hämtade sig snabbt så när de väl var framme log hon och hälsade överdrivet kärvänligt.

När hon slängt hamburgarna på stekbordet började hon genast försöka luska ut vad de två hade ihop. Hon kunde för sitt liv inte begripa vad en så snygg karl gjorde med Kessa. Hon kunde inte heller förstå hur ett sådant saftigt skvaller undgått henne.

Så stor är inte den här staden.

Kessa i sin tur njöt plötsligt av situationen. När tjejen med flera frågor tassat runt gröten presenterade Kessa plötsligt Gabriel som sin älskare.

"Jag orkar inte med något förhållande. Han är en slarvig konstnär. Du vet vad jag menar." Hon himlade menande med ögonen och tittade i spelat samförstånd på korvbiträdet som nickade till svar även om hon inte alls förstod vad Kessa menade.

"Men man har ju behov." Kessa försökte sig på en flirtig blick mot Gabriel för att verka trovärdig. Han, som genast var med på noterna, lutade sig fram och bet henne i örat. Kessa tyckte nästan att tjejen i grillen såg lätt generad ut innan hon vände sig mot stekbordet och glodde på hamburgarna som var långt ifrån klara.

87

När hon efter en stund åter började småprata med Kessa ställde sig Gabriel bakom henne, höll armarna kring hennes midja och lät hakan vila mot hennes axel tills hamburgarna var klara. De vinkade hej då och lämnade korvkiosken med armarna om varandra. Väl inne i bilen började Kessa skratta.

”Tack”, sa hon. ”Det var underbart.”

”My pleasure.” Gabriel log nöjt. ”Jag förstår verkligen att hon irriterar dig. Man fattar typen. Som ett jävla skavsår.”

De skrattade åt Gabriels kommentar och sedan talade de inte mer om saken. Men det han just gjort för henne hade fått Kessa att tycka ännu bättre om Gabriel. Som en vän. Han förstod precis. Det hade Kessa aldrig väntat sig av en man.

Väl tillbaka i lägenheten blev eftermiddagen till kväll medan de åt hamburgare, pratade och drack mer te. Samtalen flöt smidigt från ett ämne till ett annat och så till nästa. Så som mellan riktigt goda vänner. Gabriel hade fortsatt att skriva ner tips om Berlin allt eftersom och när det täckte både fram- och baksida på det rosa A4 var han nöjd.

”Här har du så du klarar dig ett tag”, log han. ”Och när du kommit igenom listan har du säkert upplevt så mycket annat att du själv kan skriva en lista på det du tycker är det bästa och skicka vidare till någon annan som behöver komma iväg.”

”Tusen tack, Gabriel. Jag ska sova på saken.”

”Sov inte för länge bara.”

När det var dags att bryta upp stannade Kessa för att vaka över Anna. Innan hon stängde dörren efter sin gamle vän och sin nya vän kramade hon om dem båda.

”Tack för en härlig kväll, trots en något motbjudande start.”

”Tack själv.”

När hon stängde dörren bakom dem kände hon att det skulle bli en lång natt. Dels av oro för Anna, dels av kvällens nya tankar. Hon lade sig så bekvämt som möjligt på soffan, tog telefonen och googlade på Berlin.

Väl ute på gatan erbjöd sig Gabriel att skjutsa hem Mari och hon accepterade tacksamt.

”Nå, vart ska vi?” frågade Gabriel när han satt bakom ratten.

”Mot Smedjebacken. Kan du vägen?”

”Nej. Du får leda mig.”

Det tog inte många minuter innan de lämnat Ludvika bakom sig och mörkret slöt upp kring dem som en säck. Fönstren på husen de passerade lyste som stjärnor i natten.

”Stanna” beordrar plötsligt Mari.

”Vad då? Bor du här?” Gabriel blev förvirrad för han hade förstått det som att det var en bit att åka.

”Nej, jag bor inte här. Bara stanna.”

Gabriel saktade lydigt in och vände sig frågande mot henne när bilen stod helt still.

”Ta mig.”

”Va?” Gabriel tänkte att han måste hört fel.

”Jag ska snart gifta mig. Om jag ska klara det måste jag ha ett sista äventyr. Snälla, ge mig det.”

Sekunden efter hade hon fått av sig jackan och när hon drog tröjan över huvudet såg han de mjuka brösten i en röd spets-bh. Hans kropp reagerade omedelbart. Det fanns ingen tvekan om att han också ville ha henne. Här och nu. Så han stängde av motorn innan de i det närmaste kastade sig över varandra. Bilen var trång och obekväm, så efter ett par intensiva minuter klev Gabriel ur och gick runt till Maris sida. När hon öppnade dörren vände han henne emot sig, lade henne ner tvärs över sätena och knäppte upp hennes jeans. När han fått av dem och stövlarna satte han sig på huk utanför bilen, med Maris ben över axlarna och borrade ner sin tunga mellan hennes lår. Hon blev först förvånad över, och sedan helt förlorad i, den kraftfulla lusten.

När orgasmen tog över henne skrek hon till vilket gjorde Gabriel ännu mer upphetsad. Så han drog henne ur bilen, lutade henne mot motorhuven och kom in i henne bakifrån. Bilen var kall och Gabriel intensiv. Men trots den kyliga metallen mot magen och brösten kom hon igen. Lika intensivt som förra gången. Några snabba stötar till och han var också där.

”Wow”, var allt han fick ut sig när han hämtat sig några sekunder. Mari fnissa till.

”Ja, det kan man nog säga.” Han drog sig ur henne och knäppte byxorna. Mari reste sig upp och huttrade till så Gabriel sträckte sig in i bilen efter hennes tröja och jacka. Men hennes trosor och byxor kunde han inte hitta.

Plötsligt såg de strålkastarna på en bil dyka upp bakom kröken. Mari skyndade sig att dra på sig tröja och jacka, sätta sig i bilen och stänga dörren så lampan släcks. När bilen närmade sig saktade den in och stannade parallellt med Gabriels bil. Föraren, som var en man kring de sextio, stannade, klev ur bilen och kikade på dem över biltaket.

”Några problem?” Han såg forskande på Gabriel som stod där i mörkret.

”Tack, men det går bra. Det är min fru. Hon är gravid och mår illa. Men om vi bara stannar och tar lite luft brukar det lätta.” Gabriel hade öppnat dörren så Mari skulle höra vad han sa. Hon kämpade för att få ner jackan över knäna för i och med att han öppnat dörren satt hon nu i skenet av billampan.

”Eller hur, älskling. Hur känns det?” Gabriel hade nu vänt sig mot Mari som försökte se skör ut.

”Bättre. Men jag mår fortfarande lite illa.” Mari log tappert mot mannen som nickade förstående.

”Jo, jag kommer ihåg hur det var för frugan. Hon kräktes varje morgon i flera månader. Vilken månad är du i nu?” undrade mannen intresserat.

”Tredje.” Mari började få svårt att hålla sig för skratt.

”Då går det nog snart över.” Mannen tittade upp på Gabriel och nickade till avsked. ”Då far jag igen. Ville bara kolla att allt var okay. Lycka till med barnet.”

Alla höjde handen till hälsning innan mannen satte sig i bilen och körde iväg. Skrattet som bubblat inom Mari fick äntligen komma ut och Gabriel kunde inte heller hålla sig.

”Vilken tur att han inte kom en minut tidigare. Då hade mitt bröllop blivit uppskjutet av ett fängelsestraff. Men nu måste vi hitta mina byxor innan jag fryser ihjäl. Eller i alla fall skäms ihjäl när jag ska gå från bilen och till min lägenhet.” Mari öppnade dörren och tittade ut i kolmörkret. ”Man ser inte ett skit här ute.”

”Vänta.” Gabriel hoppade in i bilen, startade den och backade ett par meter så att strålkastarljuset nådde ner i diket bredvid den plats de just stått parkerade. Och där i leran låg hennes jeans hopknölade.

”Oj då.” Gabriel skyndade ut för att hämta dem. Han gjorde ett tappert försök att skaka av dem den värsta leran. Det mesta satt tack och lov på utsidan.

”Trosorna vill du nog inte ha. Jag lämnade dem.”

Mari krånglade på sig jeansen och stövlarna och sedan var de på väg igen.

”Du kan vända. Jag bor i Ludvika.”

Gabriel log stort men sa ingenting.

”Du har väl ingen könssjukdom?” frågade Mari som drabbats av dåligt samvete för att hon njutit så och därför börjat oroa sig för att det skulle leda till ett straff från någon högre makt.

”Alltså, ta inte illa upp. Du ser ju inte ut som det, eller hur man nu säger det på ett bra sätt”.

”Nej. Inte vad jag vet i alla fall. Och du? Du bär väl inte heller på något jag måste oroa mig för?”

”Knappast! Jag ska gifta mig med en veterinär så jag kan nog påstå att jag är kollad för det mesta. Till och med min rabies håller på att läka ut. Woff!” Hon låtsas bita efter Gabriel samtidigt som hon skällde och sedan brast båda ut i skratt.

De sa inte mycket mer för båda var nöjda och liksom klara med varandra. Innan hon hoppade ur bilen kramade de om varandra och lovade att aldrig berätta om det som hänt. Mari kände sig lätt och lycklig när hon åter var ensam. För nu var hon helt säker på vad hon ville.

17

När Lea långsamt vandrade hemåt hade hon en stark känsla av tomhet i sig samtidigt som hon höll på att drunkna i känslor. Hon var både arg, ledsen, orolig och väldigt less på att ha det så här. Visst hade situationen ställts på sin spets men det hade faktiskt inte varit bra på länge. När hon suttit i restaurangen och funderat hade hon kommit fram till att det egentligen inte spelade någon större roll om han varit otrogen eller inte. För det skulle också vara för jävligt om han lät henne oroa sig och må så här dåligt utan att det fanns en anledning. Bara att han kommit hem på kvällen och knappt tittat åt henne var tillräckligt illa i sig. Så ville hon inte ha det med den människa hon valt att leva med.

När hon vek in på deras gata kom tårarna igen. Här har hon gått när hon var nykär och fullständigt uppfylld av Johan. Antingen som på små moln för att hon snart skulle få träffa honom. Eller så tillsammans med Johan, först hand i hand, kastandes söta blickar på varandra och ett extra tryck i handen som bara de visste om. Sedan vana men trygga, på väg hem till deras gemensamma bo. Ibland sura och tvära men ändå med en känsla av att det var okej och att det skulle lösa sig. För de var på väg hem. Till sitt gemensamma hem. Men nu…

När hon klev in genom ytterdörren hade hon fortfarande inte tagit något beslut om vad hon skulle göra. Någonstans hade hon en helt ogrundad förhoppning om att mötas av stor bukett med rosor och ett kort där han förklarade vad som egentligen hänt och bedyrade sin kärlek. Men där fanns vare sig någon bukett eller kort. Det fanns inte ens en enkel lapp på bordet. Inte en endaste liten hälsning. Då plingade mobilen till. Hon tog upp den ur fickan och såg genast att det var från Johan.

"Blir sen ikväll eftersom jag måste till pappa efter jobbet."

Meddelandet fick Leas sorg att snabbt övergå i ilska. Beslutsamt bar hon in sin laptop till gästrummet. När hon bäddat och brett ett lass med mackor låste hon in sig med en flaska vin.

Senare på kvällen, när vinet var uppdrucket, hängde hon upp en skylt på dörren till gästrummet. Den var omsorgsfullt textad i rött för att eliminera risken att en särskild person skulle missa den.

<h1 style="text-align:center">18.</h1>

Niklas var fylld av såväl hopp som tvivel när han på kvällen var på väg hem från restaurangen. Han hoppades att Lea skulle vara i hans lägenhet. Att hon satt i soffan, kanske hopkurad med filten upp under hakan som hon brukade när hon var trött och frusen. Han hoppades att hon satt där och att han skulle få sätta sig bredvid och låta timmar passera med stilla samtal. Låta benen vila mot varandras. Bli sömniga men ändå fortsätta att prata och sjunka längre ner i soffan.

Första gången Niklas träffade Lea hade hon tagit honom med storm. Hennes varma utstrålning kunde fylla ett helt rum. Hon hade nära till skratt och hennes ögon var varma och intensiva. Han hade obönhörligen fallit som en fura.

När han satte nyckeln i låset rusade en förhoppningens il genom honom. Kanske.... Men hon var inte där. Lägenheten var lika dystert tom och mörk som den alltid var när han kom hem om kvällarna.

Tålamod. Det är ett helvete att alltid behöva ha tålamod. Att vänta och vänta utan att veta om det någonsin händer...

Han tände inte när han hängde av sig ytterkläderna och gick ut i köket. Med hjälp av gatlyktans sken, som föll in genom köksfönstret, letade han sig fram till kylskåpet och plockade fram en folköl. När kylskåpsdörren stängts och mörkret åter föll över köket ställde han sig vid fönstret. Allt var stilla där utanför. Månen lyste blek och full på den stjärnbeströdda sammetshimlen. Han strök lite frånvarande håret bakåt och suckade djupt. Kroppen var tung och trött och han kände sig väldigt ensam i den stilla kvällen.

"Skål på dig. Du ser också ut att ha det ensamt." Han öppnade ölen och höjde aluminiumburken för månen innan han drack de första klunkarna.

Så blev han stående. En minut, en kvart eller kanske flera timmar. Han tänkte på Lea. Han tänkte på henne och det gjorde ont.

19

När Gabriel körde upp på den mörka gårdsplanen var han fortfarande en blandning av förvirrad och lite chockad men framför allt sexuellt tillfredsställd och därmed väldigt avslappnad. Han har varit med om en del genom tiderna men måste erkänna att denna dag haft överraskningar med till honom på en helt ny nivå. Mycket angenämt. Men något besvärligt med tanke på att Mari och Anna var kompisar. Han gissade att Anna inte skulle gratulera honom om hon fick veta att han haft sex även med en av hennes bästa kompisar. Tvärtom. Vilket väl i och för sig kunde te sig ganska förståeligt.

Nåväl, gjort är gjort.

Med tanke på att Mari skulle gifta sig var nog inte heller hon den förste att basunera ut vad de haft för sig. Men man kunde aldrig riktigt vara säker när det gällde kvinnor.

Men varför bekymrar jag mig ens? Jag är ju inte alls intresserad av Anna. Kanske bäst att vara riktigt tydlig med det.

Med tanke på vad Anna hunnit ställa till med innan hon kollapsat tänkte han att det kanske var en god idé att svänga förbi henne imorgon och visa att han brydde sig men vara tydlig med att han inte var intresserad. Samtidigt var han lite orolig inför att träffa henne igen för han ville verkligen inte riskera att dras in i något drama. Så han bestämde sig för att sova på saken.

TREDJE DAGEN

20.

Den kyliga höstluften hade fyllt gästrummet när Lea vaknade. Hon hade öppnat fönstret kvällen innan för att försöka vädra ut den kvalmighet som egentligen bara fanns i henne. Kylan, i kombination med det som hänt, har gjort att hon sovit oroligt men inte vaknat till tillräckligt för att förmå sig att kliva upp ur sängen för att stänga fönstret.

När hon sträckte på sig märkte hon att kroppen värkte. Sorg och smärta hade satt sig i varje muskel och led. Ynklig, frusen och självömkande lämnade hon motvilligt sängen och klädde på sig. Hon var fylld av obehag. Kvällen innan hade hon, trots all sorg och sårad stolthet, känt en viss stridslust när hon låste in sig i gästrummet. Men i dag... I dag fanns ingen energi kvar. I dag var det riktigt, riktigt olustigt.

Hon drog på sig samma kläder som dagen innan eftersom hon inte tänkt på att ta med andra kläder in i gästrummet. Duschen eller kanske t.o.m. ett varmt bad väntade ju också efter morgonens nödvändiga kaffe.

Hon ryckte förskräckt till när hon kommer ut i köket för att dra igång kaffebryggaren. Johan satt vid ett väldukat frukostbord och log mot henne. Hennes favoritkopp var fylld med kaffe bredvid en tallrik med en rostad brödskiva. Skivor av skinka och leverpastej var upplagda på ett fat tillsammans med gurka och paprika. Johan satt med tidningen uppslagen framför sig men vek ihop den när hon kom in.

Hon fattade ingenting. Han måste ha smugit fram frukosten för hon hade inte hört ett ljud. Eller hade han suttit här helt förstenad i timmar och bara väntat på att hon skulle göra entré?

"God morgon", strålade Johan mot henne.

Lea stirrade uttryckslöst och oförstående tillbaka.

"Jaha", var allt hon lyckades klämma fram.

"Har du surat färdigt nu? Det räcker väl för den här gången, gumman? Sätt dig och drick lite kaffe." Johan nickade välvilligt mot hennes kaffekopp.

När Lea bara stod kvar och stirrade fortsatte han.

"Jag vet att du är svartsjuk av dig. Men vi kan inte bli ovänner hela tiden för det. Du får faktiskt försöka kontrollera dig lite. Jag måste kunna vara själv en liten stund då och då utan att du blir fullständigt hysterisk. Annars kväver du mig."

"Ja, men..." Lea försökte invända med Johan avbröt henne genom att höja handen.

"Vänta, vänta. Jag orkar inte gå igenom några detaljer. Vi kommer ingen vart med det. Du är svartsjuk och det är jobbigt för mig. Tänker du efter noga så förstår du nog det." Han tittade allvarligt på henne innan han fortsatte. "Jag tycker om dig och jag vill att det här ska fungera. Men om det ska göra det måste du släppa på ditt neurotiska behov av att kontrollera mig. Du är en fantastisk tjej så jag tror att du kan klara det. Du måste bara tro på det själv."

Lea stirrade fortfarande svarslöst på Johan när han reste sig från stolen.

"Nej, gumman, nu måste jag i väg. Du dukar undan, va? Vi ses senare på restaurangen. Puss, puss." Han reste sig, gick runt bordet och pussade flyktigt hennes kind på väg ut i hallen.

"Hej..."

Hade hon inte fångat den där glimten i hans ögon, som han nästan lyckades dölja för henne, hade hon kanske gått på det. Trots sina föresatser att ställa honom mot väggen, vare sig han varit otrogen eller bara inte behagat förklara vad som fått honom att lukta parfym, så hade han lyckats få henne osäker. Känslan av att det var hon som var krävande och orsak till allt hade smugit närmare.

Det hade varat bara bråkdelen av en sekund. Hon hade vänt sig om efter honom, när han gick ut i hallen, och sett honom ställa sig med ryggen mot henne för att böja sig ner efter skorna. I hallspegeln hade det självgoda leendet förnöjsamt spruckit upp i hans ansikte när han trodde att hon inte såg. Han hade till och med höjt lite roat på ögonbrynen.

När han dragit på sig skor, jacka och halsduk och vinkade till henne var det överlägsna flinet borta. Eller snarare väl dolt. Men Lea hade sett tillräckligt för att vara säker.

Den jäveln. Nu har han lurat mig för sista gången.

Tunga regndroppar började slå mot köksfönstret. Det var höst – på alla vis.

21

Det första som slog Gabriel när han vaknade var att han faktiskt inte har någon frukost idag heller. Om inte två flaskor rödtjut räknades. Gårdagen hade varit så fylld med händelser att han helt glömt bort det.

När han satt i bilen tvekade han en stund innan han bröt mot sitt beslut att kolla sin telefon. Han hittade snabbt meddelandet från Kessa och skrev några rader om att han var på väg till café Engel och skulle bli glad om hon hade tid att komma och ta en kaffe med honom. Innan han stängde av telefonen igen, för att hålla sig till sin regel med detta enda undantag, såg han flera nyinkomna mess som han inte läst, bland annat från hans vän Cecilia.

Han parkerade på samma ställe som dagen innan och fick syn på Kessa när han sneddade över parkeringsplatsen. Hon hade också sett honom och väntade in utanför caféet. De kramade om varandra innan de gick in och beställde frukost.

”Vilken tur. Vi hann precis in innan regnet.” Kessa pekade ut och Gabriel såg hur dropparna lämnade mörka fläckar på asfalten där utanför.

”Tur för oss. Hoppas bara det slutar innan vi ska ut igen. Men det ser i och för sig inte ut att bli så långvarigt.”

Han tittade på Kessa innan han fortsatte.

”Hur är läget? Har du sovit hos Anna hela natten?”

”Ja. Jag var på väg därifrån där jag fick ditt mess.” Hon tystnade en kort stund innan hon tog sats och fortsatte. ”Rent ut sagt så är det åt helvete. Jag är så jävla trött på detta. Anna håller på att ta livet av både sig själv och mig.”

”Kan du inte bara släppa henne?”

”Men ingen annan bryr sig ju. Och hon gör så galna saker. Ja, du har ju själv sett.”

”Kan du stoppa henne från att göra dumma saker då?” Gabriel såg frågande på Kessa. ”Jag menar, gör det någon skillnad att du oroar dig?”

Hon såg på honom en stund innan hon svarade och log ett lite bistert leende.

”Nej. Men kanske har hon klarat sig lite bättre för att jag har passat henne. Hon har inte kvävts av sina egna spyor än i alla fall.”

”Jag fattar att du vill hjälpa henne. Gissar att det är en del av din personlighet som gör att du ställer upp. Att du är en schysst kompis som inte sviker. En kompis man ska vara rädd om, helt enkelt. Men det hjälper ju ingen att du dissar dina egna behov. Risken finns att du slutar som värsta martyren om du inte ser upp.”

Kessa nickade. Hon insåg mer än väl hur rätt han hade.

”Du skulle väl aldrig vara ihop med en kille som bara utnyttjade dig? Att du inte har någon snubbe nu beror väl mycket på att du inte nöjer dig med vilket skräp som helst, om du ursäktar uttrycket. Har jag rätt?”

Kessa nickade igen.

”Du har rätt och jag vet det. Men det är som om jag sitter fast i det. Det gör så ont i mig. Hon är så naiv. Ser inte vilka hon ska undvika.” Kessa tog ett klunk av sin latte och tittade allvarligt på Gabriel. ”Dig borde hon till exempel ha undvikit.”

Båda började skratta men Kessa fortsatte ändå.

”Nej, allvarligt. Du är en superkille. Men hon kommer nog vilja ha mer av dig. Och du har själv sagt att du inte vill mer. Vilket i och för sig inte är ett dugg märkligt.”

Kessa suckade.

”Men det är inte ditt problem. Släpp det. Anna kommer fortsätta att göra som det behagar henne vare sig du är där och passar eller inte.”

”Jo, det är sant. Jag har faktiskt legat och funderat rätt mycket på det där med resa. Jag har semester kvar så jag kanske skulle ta en resa nu under hösten.”

De log mot varandra och Gabriel gjorde tummen upp.

”Bra där!”

”Men du då? Jag har så svårt att förstå att du valt att komma hit. Jag förstår att du letar isolering för att kunna jobba men själv tror jag inte att jag skulle kunna åstadkomma något om jag kände mig helt ensam. Det är kanske det som håller mig kvar.”

”Med det finns ju trevliga människor överallt. Man kan inte veta om man passar bättre på en annan plats om man inte ger sig ut och letar. Men när det kommer till mig så är jag nog rätt lik dig på den punkten. Mer lik än jag trodde. För jag har inte fått något gjort med mitt arbete sen jag kom hit. Men jag har träffat nya människor. Er till exempel."

"Till exempel? Vilka mer har du hunnit träffa på den här korta tiden?"

"Jag träffade en tjej igår."

"När hann du med det?" Kessa höjde förvånat på ögonbrynen.

"Vi käkade lunch, faktiskt."

Kessa började gapskratta.

"Du är nog den värsta playern jag har träffat. En tjej till frukost, en annan till lunch och så två till middag."

Gabriel log roat och tänkte att Kessa hade mer rätt än hon anade.

Får man fråga vem?" Kessa var väldigt nyfiken.

Gabriel funderade en liten stund innan han svarade.

"Hmm. Jag vet inte riktigt. Det var något med den tjejen. Jag kan inte förklara vad."

"Åh, du är intresserad?" Kessa log retsamt.

Gabriel ryckte bara på axlarna för att visa att han inte visste.

"Men vem är det? Det kanske är någon jag känner till."

"Precis. Just därför vill jag inte berätta än. Jag är inte beredd att höra allt hemskt skvaller som du eventuellt har om henne. Även om du inte säger något kommer jag se på din min om du har invändningar. Jag vill gärna lära känna henne lite mer först. Okej?"

"Så klart det är ok. Jag hoppas det är en bra tjej och att det utvecklar sig som du vill. Vet du Gabriel, jag är så glad att jag träffat på dig. Jag hoppas verkligen att vi förblir vänner."

"Jag känner likadant."

De såg allvarligt på varandra innan de lämnade den lite högtidliga stämningen och började prata om annat. Gabriel berättade om sin lilla hobby att hitta på historier om människor. Kessa var genast med på noterna så där satt de en lång stund och turades om att hitta på både märkliga personlighetsdrag och mörka sidor hos de som passerade på gatan utanför. Kessa skrattade hysteriskt när Gabriel beskrev hur en ung man hade en eskortservice för Ludvikas överklassfruar och att det i hans dyraste tjänst ingick sex på ryggen av en stor, specialtillverkad dalahäst med en dildo i formen av en midsommarstång.

Efter många, vilda historier om förbipasserande var Kessa tvungen, trots att hon njöt i fulla drag av Gabriels sällskap, att bryta upp för att gå hem och sova middag. Timmarna på Annas soffa hade varit långa och till stora delar sömnlösa. Utanför caféet kramade de om varandra och lovade att snart ses igen.

"Ring när du behöver sällskap. Det blir svårt för mig att ringa dig när du har mobilen avstängd. Jag bjuder på middag närhelst det passar såvida jag inte jobbar."

"Absolut. Det vore supertrevligt. Ska bara försöka prestera lite först." Gabriel blev plötsligt allvarlig.

Borde jag gå förbi Anna?" frågade han. "Kolla läget och förklara att jag inte är intresserad."
Kessa funderade en stund innan hon svarade.

"Det kanske vore bra. Hon är van att bli lämnad. Kanske skulle det betyda något om du kom tillbaka även fast du inte är intresserad. Men jag måste erkänna att jag inte är säker på vilka slutsatser hon kommer att dra. Så det är nog viktigt att du är tydlig."

"Ok. Jag ska göra mitt bästa."

22

Johan kände sig riktigt nöjd med sig själv där han gick nerför deras gata. Trots att stora, kalla regndroppar slog mot hans panna log han belåtet. Nu var det över. Han hade tagit makt över situationen som nu låg som en liten kattunge i hans hand.

I förrgår kväll hade han haft svårt att somna. Tankar, och framför allt känslor, snurrade runt i honom. Det var en stor portion dåligt samvete men också upphetsning över kvällen med Anna. Han hade också blivit rejält irriterad på Leas hysteriska beteende. När han låst in sig i gästrummet och hon bankade på dörren hade han blivit riktigt förbannad på henne. Men när han hörde att hennes röst svek henne och allt blev tyst gjorde det ont i honom. Han visste att hon grät. Länge hade han legat och funderat på hur han skulle hantera situationen.

Tidigt på lördagsmorgonen hade han hört Lea stöka ute i köket. Efter att ha legat och dragit på det en lång stund hade han till slut, helt utan plan, beslutat sig för att bita i det sura äpplet och kliva ut ur sin håla. Men just då hade dörren smällt igen och Lea var borta.

Frukosten hade inte smakat honom. Förutom en tugga på en macka hade det bara blivit kaffe. Men han hade druckit kopp efter kopp medan han funderade. Efter en dusch hade han gett sig ut för att promenera men stegen hade ganska snart styrt mot Annas lägenhet. Till sin besvikelse hade Annas kompisar närmat sig hennes port när han nästan var framme så han hade snabbt vikit in på en sidogata innan de sett honom.

Det var nära.

Tanken gjorde honom upphetsad. Han fortsatte sin promenad, som blev ganska kort, innan han återvände hem. Där blev han sittande med tankar som snurrade utan att hitta någon lösning. Så när Niklas ringde flera timmar senare var det en lättnad.

Lea hade inte varit kvar i restaurangen när han kom så han hade skyndat sig att skicka ett mess för att påminna om att han skulle göra bokföringen med sin pappa. Eftersom han var tvungen att jobba på restaurangen först skulle det bli sent. Det var en ren lögn.

Han hade hittat på det där med pappan för att han ville slippa gå ut med Lea. Han var bjuden på en fest hos en gammal polare som Lea inte kände och han hade velat gå dit istället. Utan Lea. För i ärlighetens namn hade de inte särskilt kul när de gick ut tillsammans. Efter vad som hänt det senaste dygnet hade han inte lust att gå på festen längre. Men han ville inte heller att Lea skulle sitta och vänta på honom när han kom hem. För han orkade verkligen inte hamna i en lång diskussion med henne. Lea var expert på att vrida och vända på allt och hur det än börjat slutade det nästan alltid med att han fick skulden. Han var mer än innerligt trött på att vara skurken.

Det störde honom också att Niklas verkade ta Leas parti. Inte för att han sagt något men det kändes ändå så. Han var inte samma, gamla hyggliga polare som han varit utan snackade mer med Lea nu för tiden. Men han konfronterade honom inte och Niklas sa heller inget om saken. Hela arbetspasset hade blivit absurt med de två som timme efter timme bakat och serverat pizza och öl utan att prata annat än beställningar med varandra.

Johan hade skickat hem Niklas en stund före stängning och satt sedan själv kvar och drack några öl efter det att alla gästerna gått. Ett tag hade han varit inne på att dra till Anna. Men så tänkte han att det nog var säkrast att dra hem och ordna upp situationen med Lea ändå. Inte för att han hade lust men han måste ju göra det förr eller senare. Han kunde ju inte sitta här och vara rädd för sin kvinna. Det var dags att hon började lyssna på honom nu.

Men han dröjde på det lite till. Tog ännu en öl och fixade lite extra i köket. När han ordnade med tvätten fick han syn på något som gav honom en idé. Så hans stoppade det i fickan på sina jeans med ett nöjt leende.

När han slutligen klev in genom dörren där hemma hade Lea låst in sig i gästrummet. På dörren lyste röda bokstäver från en upptejpad kartongbit.

TILLTRÄDE FÖRBJUDET. ENDAST FÖR PERSONAL.

Ilskan bubblade genast upp inom honom.

104

Jävla, sura bitch.

De tunga regndropparna kylde mot ansiktet men han log. Nöjd med att han så lätt kunnat finta Lea och nöjd med att han troligtvis skulle ha sex inom några minuter. Bara Anna var hemma.

Dörren var upplåst så han klev in och låste bakom sig. Anna kom ut från badrummet och började svamla något om att detta inte var någon bra idé. Han lät henne inte tala till punkt utan tog ett hårt tag om hennes nacke och viskade i hennes öra att det var han som bestämde. Sedan gjorde han det han kommit dit för att göra.

Det första Anna blev medveten om var huvudvärken och den torra munnen. Men i samma takt som hon vaknade till liv slog den omisskännliga ångesten till allt eftersom bilder började dyka upp i hennes huvud. Johan hade inte varit den hon hoppats på. Han var bara ute efter sex. Och inte ens skön sex.

Den superkorrekta Kessa hade rätt igen. Varför, varför, varför kan inte min känsla stämma någon jävla gång?

Så kom hon plötsligt ihåg vad som hänt efter det. Det hade ju passerat ytterligare en dag. Hon hade vaknat upp på lördag morgon fylld av ångest och självömkan. Inte kunnat sova och inte orkat vara kvar hemma ensam. Inte heller orkat ringa till Mari, som säkert var upptagen med sin kärlek, eller Kessa som antingen skulle tjata på henne eller se på henne med ledsna "vad-var-det-jag-sa-ögon". Så hon hade fixat sig och promenerat ner till café Engel.

Hon flämtade till när hon mindes.

Gabriel. Jag träffade Gabriel.

Han hade suttit på caféet som om han väntat på henne. Skjutit ut stolen mitt emot sin och gett henne världens vackraste leende. En konstnär. De hade pratat i timmar. Hade de inte? Han hade följt henne hem och de hade druckit vin och pratat. Om allt och ingenting. Om hennes tavlor. Om hans karriär. De hade varit intima och hon hade svävat på moln. Men så plötsligt var han borta. Hon kunde inte minnas hur eller varför han försvann. Allt var suddigt. Med ett stön vände hon på sig och ryckte förskräckt till när hon såg en skepnad i dörröppningen.

"Åh, hjälp. Vad du skrämde mig." Anna pustade ut när hon såg att det bara var Kessa. "Vad gör du här?" Så såg hon Kessas bistra min och anade.

"Vad gör du själv?" Kessas ton var både vass och fylld av oro. "Inte särskilt kloka saker i alla fall. Tack och lov att vi kom hit för du låg här helt väck och nerspydd."

"Jag har träffat en helt underbar man. Gabriel. Han är konstnär." Anna försökte sig på ett leende. "Vi satt och fikade i flera timmar och kunde liksom inte sluta prata. Han till och med följde med hit och drack lite vin.”

”Vad jag har förstått så drack du det mesta av vinet och efter det har du druckit typ en flaska whisky, kräkts ner hela rummet där ute och skurit sönder flera tavlor.”

Anna såg först helt oförstående ut men det blev tydligt att hon succesivt mindes mer och mer då hennes leende bleknade bort och tårar började rinna över hennes kinder.

”Han gick.” Anna famlade fortfarande efter minnen av gårdagen. ”Plötsligt var han inte kvar.”

”Han gick för att du blev full och somnade. Men han kom tillbaka.”

Anna tittade förvånat på Kessa som såg att det tändes ett hopp i hennes blick.

”Va? Hur vet du det?”

”För att jag var här. Jag och Mari var här när han kom.”

Kessa kände sig grym men fortsatte.

”Han kom hit igår eftermiddags när du var som ”tröttast”.” Kessa illustrerade ett citattecken med fingrarna för att visa vad hon verkligen menade med ”tröttast”.

”Då kom han tillbaka…” Anna blev först glad av tanken med det blev en kort lycka.

”Ja. Faktum är att han hjälpte till att torka upp din spya och bära ut dig till duschen. Ingen trevlig syn.”

Anna flämtade till när hon insåg nederlaget.

”Men jag, Gabriel och Mari hade trevligt sen i alla fall. Vi käkade middag här och satt och pratade i flera timmar. Synd att du inte kunde vara med. Då hade du fått lära känna en trevlig kille för en gångs skull.”

Annas underläpp hade börjat darra och tårarna steg i hennes ögon igen.

”Jag trodde det var kört. Han hade ju gått.”

”Det var väl inte så konstigt att han gick. Vad skulle han göra här? Sitta och glo på dig medan du snarkade?” Kessa kunde inte hejda sig i sin irritation. ”Varför ställde du till det så här om han nu var så fantastisk?”

"Det var inte meningen." Annas röst var knappt hörbar. Hon förstod själv hur dumt det lät.

Kessa stönade och himlade med ögonen.

"Nej. Eller hur? Själv har jag vakat över dig i natt om det nu betyder något. Så jag är helt slut. Nu drar jag hem och sover."

Kessa, som vänt sig för att gå, hörde ett snörvligt "tack" bakom sig. Så kom hon i tanke om något och återvände till dörröppningen. "Så du vet så såg jag och Mari din kropp när vi duschade dig. Vi tycker att du ska passa dig för den som gjorde dig så illa. Säg till om du behöver prata om det eller om det är någon som ska anmälas. Vi får prata mer när du piggat på dig och jag fått sova. Om du inte vill prata om det nu." Kessa stod kvar i dörröppningen i väntan på Annas svar.

Anna tittade inte upp utan skakade bara långsamt på huvudet. Kessa stod kvar en stund till för att se om Anna skulle ändra sig. Men när Anna bara fortsatte stirra ner i golvet gick hon.

Anna satte sig långsamt upp i sängen. Huvudet dunkade och tårarna rann. Hon huttrade till när hon satte fötterna mot det kalla golvet. Kessa hade tydligen vädrat lägenheten rejält. Den nakna kroppen fick snart gåshud så hon drog täcket om sig och blev sittande en stund, helt uppfylld av självömkan.

Till slut tvingade huvudvärken henne att leta upp en värktablett. I köket hittade hon ett rör alvedon så hon slängde två brustabletter i ett glas och fyllde på med vatten. Det kylde skönt i strupen och släckte lite av den intensiva törsten. Ute på toaletten fick hon en mindre chock när hon fick syn på sig själv i spegeln. Huden lyste blek under det svarta mönstret av mascara som runnit över kinderna. Blåmärkena hade fått en mörkare ton vilket gjorde att de såg ännu brutalare ut än igår.

När hon har samlat sig lite smörjde hon in ansiktet med rengöringskräm och ställde sig i duschen. Det varma vattnet kändes helande i hennes eländiga tillstånd. Som om det fick livet att långsamt återvända till kroppen. Hon blev stående länge och bara njöt av de varma strålarna. När hon till slut klev ur duschen och borstade tänderna hade huvudvärkstabletterna börjat verka och hon kände sig rätt okej. En kopp kaffe och rena kläder hjälpte till ytterligare. Men hon mådde fortfarande för illa för att få i sig något ätbart. Ögonen var svullna och rödsprängda så hon lade sig en stund på soffan med is på ögonlocken. När en svag stank av spya nådde hennes näsborrar började kroppen genast hulka så hon skyndade sig in i sängen istället och försökte tänka på allt möjligt annat.

Hon hade precis konstaterat att idén med isen var bra och lagt på lite mascara när hon hörde ytterdörren öppnas. Det var Johan som klev in i lägenheten med ett belåtet leende. Anna började genast dra en lång och osammanhängande harang.

"Jag tror inte det här är en så bra idé. Det var absolut väldigt skönt och så men jag letar efter en man att leva med och du är ju redan ihop med en tjej…"

Han avbröt henne genom att ta ett hårt grepp om hennes nacke, så hon kved av smärta, och väste i hennes öra:

"Jag bestämmer när det här är över. Eller hur?" Han kramade hårdare om nacken och hon skrek fram ett "Ja." Då släppte han taget om nacken och drog bryskt av henne tröjan. Hon lät honom ta kommandot och vände sig lydigt när han med starka armar vände henne runt. Samtidigt som han tryckte ner henne över bordet drog han ihop hennes armar bakom ryggen. Han fattade ett grepp med sin ena hand om hennes båda handleder och drog något runt dem. Plötsligt var hon bakbunden med något hårt som skar in i huden runt handlederna. Rädslan kom genast över henne men hon sa inget utan väntade passivt på vad Johan skulle göra med henne. Hon hörde honom knäppa upp sina byxor innan han drog upp kjolen över hennes rygg och drog ner trosorna.

När han såg alla blåmärken log han för sig själv. Han satte sina fingrar mot några av blåmärkena som tydligt visade att det var hans fingrar som orsakat dem. Så tryckte han så hårt han kunde. Anna skrek till och reste överkroppen från bordet. Johan stönade högt av njutning när han hörde henne lida, tryckte ner henne på bordet igen och pressa sig in i henne med våld. Hans ena hand grävde sig in i hennes blonda hårsvall och drog hennes huvud bakåt och uppåt så hennes bröst lättade från bordet och guppade i takt med hans våldsamma stötar. När han kom nöp han hårt om blåmärkena igen innan han drog sig ur och gick till toaletten för att skölja av sig i handfatet.

Anna gick efter och bad honom om hjälp med ynklig röst. Han mötte inte hennes blick utan vände bryskt på henne och klippte upp bandet runt hennes handleder med en nagelsax. När han släppte det på golvet såg hon att det var en sådan där hård plast-rem som man använder till att stänga tvätt- eller stora skräppåsar med.

Anna gick in i sovrummet och hoppades att Johan skulle gå utan att göra något mer med henne. Men han kom efter henne och drog henne till sig. Hon besvarade kyssen fast hon inte hade det minsta lust. Tänkte att hon snabbare skulle bli av med honom om han fick vad han ville. Det kändes som evigheter när han körde runt sin tunga i hennes mun, klämde henne hårt på rumpan och tryckte sig mot hennes underliv. Men till slut verkade han nöjd så hon var snart ensam igen.

Anna masserade sina ömma handleder och såg sig själv i spegeln.

Jag orkar inte gråta mer.

Hon ställde sig i den varma duschen igen. Kroppen ville spy men magen var tom så det kom bara saliv och vrål.

Det får räcka med det här nu. Jag drar mig ur. Om han gör mig illa igen så ringer jag polisen. Eller Kessa. Hon kan fixa det. Jag ringer henne på en gång.

När kroppen lugnat sig stängde hon av duschen, drog på sig morgonrocken och såg sig om efter mobilen. Då knackade det på dörren.

"Det är öppet" ropade hon och insåg i samma sekund att det kunde vara Johan så hon började slå numret till Kessa.

"Hej" ropade en röst.

Anna ryckte till där hon stod i badrummet. Efter en snabb koll i spegeln drog hon åt morgonrocken och gick på svaga ben ut i rummet.

"Jag ville bara se att du var okej." Gabriel log sitt fantastiska leende mot henne. Han var ännu snyggare än hon mindes honom.

”Men du ser ut att må bra. Skönt. Jag blev lite orolig igår.” Det uppstod en liten tystnad för Anna var helt mållös. Gabriel blev plötsligt allvarlig.

”Eller, hur mår du?”

”Hej.” Anna var både överlycklig och förvirrad.

Detta är fan ett tecken från ovan. Det är han och jag ändå.

Det svindlade till när hon tänkte på vilken tur det var att han inte kommit några minuter tidigare.

”Det är helt ok. Jag mår bra.” Så blev det tyst en liten stund till innan Anna åter fann orden.

”Jag ber om ursäkt för igår. Vet inte hur det blev så illa.”

”Det är ingen fara. Det var ju värst för dig. Men vi hade trevligt ändå. Mysiga kompisar du har.” Gabriel såg att hon mulnar lite och försökte snabbt rätta till det.

”Synd att du inte var i form för att vara med. Jag menar, vi hade ju så trevligt tidigare på dagen. Bra vänner kan man inte få för många av.”

Gabriels försök att tala om hur han kände inför Anna avbröts av mobilens vassa signal. Det var Annas mamma som undrade varför hon inte dykt upp på söndagslunchen. Anna hade helt glömt bort det. Eller snarare inte riktigt fattat att det redan var söndag. Hon lyckades i alla fall sno ihop en förklaring om att Kessa varit där och behövt prata och hon var på väg nu. När hon lagt på luren vände hon sig mot Gabriel med sitt charmigaste leende.

”Jag måste tyvärr gå. Det var jättesnällt att du kom förbi. Vi kanske kan ses senare?”

”Kan jag skjutsa dig någonstans?” Gabriel undvek frågan om att träffas igen.

Anna nappade på erbjudandet om skjuts och skyndade in i sovrummet för att klä på sig. Hon tog på sig en klänning som hon visste framhävde hennes figur och tog kavajen under armen så Gabriel skulle se henne i klänningen. Vilket han också gjorde för att sedan förbanna sig själv när han mötte hennes nöjda blick.

Det betyder ingenting. Precis ingenting.

Under bilfärden förhörde hon sig om var han bodde helt exakt. Hennes pappa körde postbilen när hon var liten och hon åkte ofta

111

med honom fast man egentligen inte fick. Under dessa turer lärde hon känna de flesta småvägar och hus i trakten så snart har hon förstått vilket torp han hyrde.

Kan vara bra att veta.

Väl framme utanför mammans hus dröjde hon kvar i bilen och undrade om han skulle hem och måla vilket han tänkt sig. Stämningen blev lite märklig när Anna fortfarande satt kvar och bara såg på Gabriel som undvek hennes blick och låtsades leta efter något i fickorna.

"Tack för skjutsen" sa Anna till slut och lyfte sin arm som till en kram.

Gabriel hann tänka att det skulle bli konstigt om han inte kramade om henne och böjde sig därför mot henne när hon plötsligt pressade sina läppar mot hans och stack in sin tunga i hans mun. Väldigt överraskande och väldigt kort men en kyss.

Han kysste mig.

Anna log mot Gabriel och lade sin hand högt upp på hans lår.

"Kyss mig igen", viskade hon och såg förväntansfullt på honom.

"Det kanske är dags att du går in." Gabriel kände sig i det närmaste kränkt efter kyssattacken men kämpade för att behålla sitt lugn så att han kunde komma därifrån utan alltför stor dramatik.

"Okej. Vi får fortsätta senare."

Hon log mot honom innan hon klev ur bilen och med, till synes, lätta steg gick den korta vägen till ytterdörren. Hon såg köksgardinen röra sig och visste att modern stod där och betraktade henne. Innan hon gick in vände hon sig om och vinkade efter Gabriel som just gett sig av nerför vägen. Så öppnade hon dörren och ropade in i huset.

"Hej. Nu är jag här. Ni anar inte vilken häftig kille jag träffat. Och han är känd konstnär."

24.

Trots att sexet med Gabriel hade känts som ett helt nödvändigt sista äventyr innan den livslånga kärleken så hade hon lidit av dåligt samvete hela natten. Timme efter timme hade hon vridit på sig och våndats. För hon var ju redan drabbad av den stora kärleken. Mark var det bästa som hänt henne och hon var helt övertygad om att hon inte skulle överleva om Mark skulle får nys om vad hon gjort och lämnade henne. Dessutom hade hon dåligt samvete för att hon inte svarat på hans frieri än. Under gårdagen hade de bara hörts via ett fåtal sms när Mari förklarat att hon var tvungen att ta hand om Anna. Eftersom det inte var första gången det hänt så hade Mark accepterat det och skrivit att hon skulle höra av sig när hon hade tid att träffas. Vilket hon ännu inte gjort.

Igår kväll hade hon duschat i evigheter för att få bort eventuella dofter av Gabriel. För att ytterligare säkra sig bestämde hon sig för att inte höra av sig förrän nästa dag. På grund av detta hade hon sovit själv under natten vilket var första gången sedan hon träffat Mark, med ett fåtal undantag i början av relationen. Hon tänkte att det måste kännas märkligt även för Mark. Särskilt märkligt eftersom han friat och hon faktiskt inte hade svarat än.

Tänk om han är arg och ångrar sig?

Så galet allt hade blivit. Hon visste lika väl som honom att det skulle vara de två ett långt tag framöver. Men just nu hade hon kanske fått Mark att tvivla på att hon var lika övertygad om det som han var. Vilken idiot hon varit som förstört det tillfälle som faktiskt hade kunnat vara det mest fantastiska och minnesvärda ögonblicket i hela hennes liv.

Tidigt på söndag morgon var hon klar med att våndas. Just som morgonens första strålar från höstsolen visade sig för henne skickade hon ett mess.

"Älskling. Genrepet av ditt frieri gick inte som det skulle igår eftersom din blivande brud knasade till det hela. Men nu... Om du är redo är jag redo att göra det på riktigt. Kommer du?"

När svaret "Kommer nu" plingade i mobilen andades hon ut.

Nu var den snart här. Framtiden.

Det hade blivit mitt på eftermiddagen innan Anna kände att det var okay att lämna föräldrarnas bostad. De levde ett ganska enformigt och andefattigt liv och en av de få ljuspunkterna var när Anna kom på besök. Denna eftermiddag hade varit extra spännande med Annas broderade historier om konstnären. Och mamman hade ju sett honom med egna ögon. Anna förstod att hon till och med sett dem kyssas när hon sa:

"Han verkar tycka mycket om dig."

Anna visste inte om det var Gabriels förtjänst men hon hade plötsligt mått mycket bättre. Kunnat äta både köttbullar, potatis och sås med god aptit. Kaffet hade hon lämnat odrucket i koppen men blåbärspajen hade slunkit ner med en stor skopa med vaniljglass.

Anna vinkade så länge hon syntes från fönstret i köket. För en gångs skull kändes det inte helt kvävande att mamma stod och stirrade efter henne. Dessutom var hon extra nöjd för hon hade lyckats lura av pappa en flaska konjak under föresvävning att Gabriel antagligen skulle komma till henne samma kväll. Trots det planerade hon att gå till pizzerian för en öl eller två. Huvudet hade börjat kännas tungt igen och hon visste av erfarenhet att öl funkade över förväntan. Det var kanske dumt att gå just till pizzerian men det var det enda stället där man kunde få en öl på en söndag förutom på hotellet. Och där var det mycket dyrare. Men framför att var de sura på henne efter att hon följt en man upp på rummet. Eller snarare för att hon varit där och bankat på kvällen efter. Hon hade varit rätt dragen och velat träffa honom, som hon nu glömt namnet på. Men antingen så knackade hon på fel rum eller så hade han åkt därifrån för det var någon helt annan som öppnade. Denna person hade inte låtit henne komma in, fast hon insisterade på att få träffa mannen, utan ringt till receptionen. Hon hade blivit bryskt ledsagad ut ur hotellet under hot att de skulle ringa polisen om hon inte gick därifrån.

Men hon ville också gå till pizzerian för att visa Johan att hon gjorde som hon ville. Att det var slut mellan dem eftersom hon hade träffat kärleken. Kanske skulle hon till och med gå fram och droppa det i förbifarten när han hängde på sin vanliga plats vid fönstret och rökte. Eller inte säga någonting alls, inte möta hans blick utan bara sitta och sippa på ölen och visa hur tillfreds hon var. Kanske skulle han bli förbannad eller till och med osäker. Men han kunde inte göra henne något eftersom hans tjej jobbade där. Om han störde henne det minsta skulle hon be att få prata med henne för att berätta vilket svin hon var tillsammans med.

Den kalla luften kändes uppiggande men också lite för kall till hennes, som alltid, för tunna klädsel. Hon hade tur för hon kom till busshållplatsen samtidigt som bussen. Det var bara ett fåtal passagerare som vanligt en söndagseftermiddag. Turen tillbaka till Ludvika centrum gick fort och snart hoppade hon av vid hållplatsen utanför Willys och promenerade sista biten till pizzerian. Nog för att det varit närmare att hoppa av vid tågstationen men av någon anledning blev hon på dåligt humör av tågstationen. Den påminde om de tråkiga evighetsresorna fram och tillbaka till gymnasiet i Västerås.

Hon var på ett strålande humör och såg fram emot att få sitta på restaurangen för sig själv utan att tråna efter Johan. Hon skulle tänka på Gabriel istället.

Segerviss gjorde hon entré på pizzerian. Det var ganska mycket folk men hon lyckades få ett litet bord för sig själv. Niklas tog genast hennes beställning och strax efter stod en stor stark framför henne. När hon drack de första, törstsläckande klunkarna tänkte hon att livet inte var så tokigt trots allt.

26

Lea hade bestämt sig. Det var dags att göra slut. Inte en dag till i lögn och förnedring med Johan. Inte en minut i onödan. Hon var på väg till restaurangen för att upprätta sin heder och bli en fri kvinna igen. När Johan stegat ut ur lägenheten på eftermiddagen hade hon först inte trott sina ögon. Men när hon på allvar förstod vad hon just sett hade all hennes tvekan och de sista spåren av nostalgi följt Johan ut genom dörren. Det var uppenbart att han manipulerar henne å det grövsta och hon hade insett att hon faktiskt inte älskade honom längre.

Utanför pizzerian stannade hon till och tog några djupa, lugnade andetag innan hon klev in med bestämda steg. Lea hade riktningen mot köket när hon fick syn på den blonda tjejen som varit så oförskämd sist. Hon satt för sig själv med en öl och tittade snabbt ner i bordet när Lea kommer in.

Antingen skäms hon eller så är hon allergisk mot att vara trevlig. Patetiskt.

Men när hon passerade hennes bord klickade det till i henne. Hon stannade tvärt och drog ett djupt andetag genom näsan och vädrade. Det var en bekant doft som fick det att värka till i magen. Dalí. Dalí Laguna. Parfymen som legat som en aura kring Johan för två kvällar sedan. Hon stirrade stint på Anna som långsamt och frågande lyfte blicken. Just då kom Niklas ut med en ny öl till Anna.

”Hej. Är du här?”

”Ja. Jag har kommit för att göra slut med Johan. Men jag insåg just att jag har en sak att göra först. Det var nämligen den här bimbon som Johan satte på häromkvällen.”

Så tog hon glaset ur Niklas hand och hällde den snabbt och pricksäkert över Anna. Anna skrek rakt ut. Folk omkring reagerade och plötsligt hade de allas uppmärksamhet.

”Ursäkta allihop. Men det måste göras. Hon har legat med min pojkvän.”

Folk lugnade sig och tystnade för de ville absolut inte missa vad som skulle hända härnäst. Just då kom Johan, som hört skriket, utfarandes ur köket. Det fick Anna att hoppas på räddning där hon satt helt genomblöt.

"Hon hällde öl på mig", tjöt hon. Johans blick fladdrade fram och tillbaka mellan Lea och Anna medan han försökte förstå situationen.

"Vad fan gör du? Är du inte riktigt klok?" Han väste fram orden.

"Nej, men jag börjar bli. Så du kan fara åt helvete. Det är slut. Nu kan du knulla den här bruden så mycket du vill. Jag bryr mig inte." Lea pekade illustrativt på Anna som kände sig oskyldigt utsatt.

"Men gör något då. Jag är ju alldeles blöt" vrålade Anna till Johan. "Ska du bara stå där och glo? Säg till henne och fixa en handduk."

"Men håll käften", fräste Johan och vände sig åter till Lea. "Snälla Lea. Börja inte nu igen. Okej, jag har kanske jobbat lite för mycket. Men måste det bli så dramatiskt?" Johan försökte sin gamla vanliga metod men Lea bara log mot honom och skakade på huvudet.

"Du är nog inte riktigt klok du. Tur att det inte är mitt problem längre." Anna som nu kände sig mer än förnedrad lyckades trassla sig upp från stolen och störtade ut från restaurangen. Johan stod helt mållös och stirrade på Lea som i sin tur vände sig mot Niklas.

"Nej, Niklas. Nu skiter jag i det här jävla stället."

"Jag med. Vänta lite." Så försvann han in i köket för att knyta av sig förklädet och hämta sin jacka medan Johan för döva öron fortsatte sina försök att tala Lea tillrätta. När Niklas kom tillbaka erbjöd han Lea armen med ett leende.

"Madame?"

Lea antog erbjudandet och så lämnade de restaurangen arm i arm till ljudet av sporadiska applåder och jubel från restaurangens matgäster.

"Vilken grej. Känns det bra?" Niklas var överlycklig där han gick, arm i arm, med Lea nerför gatan.

"Det känns så jävla skönt. Ibland går man vilse. Och det gjorde jag med Johan. Rejält." Hon tittade upp på Niklas. "Men nu är jag fri." Niklas stannade och vände sig mot Lea.

"Det här kanske kommer jävligt otajmat…" Han såg henne djupt i ögonen innan han fortsatte. "Jag älskar dig så jävla mycket."

Lea såg oförstående på honom så han fortsatte.

"Du är den underbaraste människan som finns på den här planeten."

Ett leende sprack upp i Leas ansikte samtidigt som hennes ögon fylldes av tårar. Hon var både rörd och fylld av känslor som hon insåg att hon haft länge.

"Niklas. Min fina Niklas," var allt hon fick ur sig innan de kysste varandra.

27

Efter att ha släppt av Anna åkte Gabriel, precis som han sagt, tillbaka till huset för att måla. Men av någon anledning blev det inte av. Först var han tvungen att elda upp i den öppna spisen för det kändes rätt ruggigt. Sedan blev han sittande och tittade på eldslågorna när de tog sig och allt ivrigare slickar veden.

Han tänkte på mötet med Anna som började så bra och slutade i katastrof. Med facit i handen ångrade han att han åkte dit idag igen. Han hade i alla fall gjort ett försök att vara tydlig även om hon dragit helt andra slutsatser.

Ett leende sprack upp när han tänkte på Kessa. Han kunde inte sätt fingret på hur det kom sig men hon kändes redan som en gammal kompis eller till och med en lillasyrra. Vad som än hände hoppades han att de skulle hålla kontakten.

Så gled tankarna över på mötet med Lea. På den ljusbruna hårslingan som ständigt föll ner över hennes kind. Hur han flera gånger stoppat sig från att smeka den bakom hennes öra. På de sorgsna, mandelformade ögonen och det magiska leendet. På hennes värme och omsorg trots att hon var sårad.

Då bestämde han sig. Några minuter senare satt han i bilen som rullade nerför grusvägen till landsvägen, drog fingrarna genom håret och tände en cigarett.

Väl framme i Ludvika hittade han en parkering nära pizzerian. Han satt kvar en stund i bilen och förberedde sig. På vad visste han inte riktigt men det kändes bra. När han till slut kände sig redo låste han omsorgsfullt bildörren och såg sig omkring. Det var sen söndag eftermiddag och inget spännande verkade vara i görningen. Förutom någon som sprang långt ner på gatan var allt stilla.

Plötsligt bröts tystnaden av att dörren till pizzerian öppnades. Och där, bara en liten bit framför honom kom Lea och hennes kollega utspatserande, arm i arm. De var fullständigt uppslukade av varandra och vek av åt andra hållet innan Gabriel hann reagera. Han blev stående på trottoaren och såg dem försvinna längre och längre bort på gatan. Plötsligt stannade de upp och verkade prata. Och sedan… Niklas lutade sig fram och kysste Lea.

Plötsligt flög dörren till pizzerian upp och ut kom en man som han genast gissade var Leas kille, eller snarare ex som han tolkade situationen. Han stannade till när han fick syn på Lea och Niklas. Han suckade djupt, drog han av sig sitt förkläde, slängde det på marken och gav sig iväg åt Gabriels håll.

"Och vad glor du på?" fräste han aggressivt åt Gabriel när han passerade. "Idiot."

När både Lea, kollegan och hennes ex försvunnit ur sikte drog Gabriel in luft till en rejäl suck. Så kastade han en blick mot pizzerian som nu med största sannolikhet var utan personal. Men det var inget han orkade engagera sig i någon längre stund så han vände och gick tillbaka till bilen.

28

Anna sprang hela vägen hem. Tack och lov att det var söndag eftermiddag. Det var den tidpunkten som Anna, Kessa och Mari brukade spekulera över vilka hålor folk hade grävt ner sig i och varför, eftersom gatorna alltid låg tomma och öde varje evig söndagseftermiddag. De hade ofta undrat hur det kunde komma sig att de var de enda som tyckte att söndagspromenad var en hit. Det var bara samtidigt så vansinnigt tråkigt att ingen annan kommit på idén också.

Just nu var Anna tacksam över att gatorna låg öde och att hon faktiskt inte mötte någon där hon, blöt och förnedrad, tog sig till sin port. Väl hemma slängde hon alla kläder i en hög på badrumsgolvet och ställde sig i duschen för att skölja bort öl och förödmjukelse.

Det kom inga tårar. Men det värkte och knöt sig alltmer i magen.

Jävla idioter. Varför måste de jäklas med mig nu när allt är så bra?

Det var inte så här hon tänkt sig att det skulle bli. Planen hade varit att hon skulle sitta där, i lugn och ro, med sin öl. Det var ju meningen att det skulle synas, andas från varje por på hennes hud, att hon träffat HONOM. Att hon stod på tröskeln till kärleken. Att de tunga åren av ensamhet och korkade karlar snart var till ända.

När hon klivit ur duschen och stod framför spegeln och stirrade på sig själv försökte hon tappert besluta sig för att lägga det som just hänt bakom sig. Nu var det hon och Gabriel som gällde. Det viktigaste just nu var att de träffades och lärde känna varandra. Allt annat var egentligen likgiltigt. Om hon just kommit i vägen för idioter var det synd men ingen katastrof.

Låt dårarna stanna i dårhuset.

Som vanligt mådde hon lite bättre när hon såg sin spegelbild. Hon var väl medveten om sin skönhet. När hon stod där och såg på sig själv beslutade hon sig för att omedelbart cykla ut till Gabriel.

Varför vänta?

Anna tänker att Gabriel kommer att bli överraskad men väldigt glad. Att han också längtar efter att sitta och prata i evigheter som sist. Titta varandra djupt i ögonen och utbyta meningar, viktiga som oviktiga. Konjaken hon fått av sin pappa kunde hjälpa till att tina upp stämningen. Sedan skulle de älska hela natten och redan i morgon skulle de förstå att de var oskiljaktiga. Ett leende sprack upp i hennes ansikte där hon stod och lät tankarna flyta iväg.

När Johan plötsligt uppenbarade sig i dörröppningen greps hon av panik.

Kessa satt vid köksbordet, läste en bok och rökte en cigarett när insikten slog henne med full kraft.

Jag måste ge mig av nu. Idag. Det finns inget som stoppar mig.

Hon tog ett djupt andetag och släppte ut luften i en stilla suck. Vad skönt det kändes.

Hon tittade ut på eftermiddagshimlen och drog ett sista halsbloss innan hon fimpade cigaretten. För några sekunder sänkte hon blicken för att kontrollera att ciggen släckts ordentligt. När Kessa åter tittade upp hade solen trängt fram igenom de så i övrigt kompakta molnen och lyste upp den stora eken på grannens tomt. Långt inne i Kessa väcktes en glädje när hon såg på det strålande lövverket.

Det måste vara ett tecken. Något försöker säga mig att jag har rätt. Det är dags för mig att dra.

Så med ett något nervöst leende sträckte hon sig efter sin mobil och slog numret till avdelningsföreståndaren på jobbet. Det var visserligen söndag men Kessa visste att det var hennes jobbhelg.

"Hej Kristina. Vad bra att jag fick tag på dig. Jag vill bara säga att jag slutar. Med omedelbar verkan, alltså. Jag kommer inte mer. Någonsin. Det är förståeligt om du blir förbannad. Men jag kan tyvärr inte hjälpa dig med det." Kessa gav inte Kristina en chans att svara. "Jag har inte tid att prata mer nu. Hej då och ha det så bra. Det har varit kul att jobba med dig. Du är en toppenchef. Glöm aldrig det." Så lade hon på luren, gick till garderoben, tog fram ryggsäcken och började packa.

Idén hade kommit över Kessa med sådan styrka att det inte gick att stå emot. Hon ville ut på äventyr. Hon måste ut på äventyr. Det kändes som att hon skulle gå under om hon inte genast upplevde något helt nytt och oväntat.

Inom några minuter var hon redo att ge sig av. Hon hade packat lätt. Det viktiga var att ha några ombyten med kläder, passet och kontokortet. Mobilen kallade från en oförstående föreståndare. Men Kessa slog på ljudlöst, tog på varma ytterkläder och slog igen ytterdörren bakom sig med ett belåtet leende. Hon tog cykeln och siktade mot utkanten av staden där vägen ledde mot kontinenten via Örebro. Den friska höstluften nöp henne i kinderna och det belåtna leendet hängde kvar.

Väl utanför stadsgränsen lutade hon cykeln mot ett träd och gick vidare till fots längs vägen. Höstsolen lyste upp landskapen när gliporna i molnen passerade och Kessa såg plötsligt, som med helt nya ögon, hur vackert här var.

Det pirrade till i henne och hon kände sig smått euforisk. Hon log när hon föreställde sig hur förvånad Mari skulle bli när hon fick veta. Men hon tänkte inte messa förrän hon var en bra bit på väg. Anna orkade hon inte tänka på.

Det får bli vykort. Nu vill jag vara fri.

Innan hon började lifta gick Kessa in bakom en träddunge för att kissa. När hon var klar reste hon sig upp men duckade snabbt igen. Hon lät en bil passera innan hon åter reste sig för att dra upp byxorna. Eftersom hon fortfarande var försjunken i tankar såg hon inte att det var Gabriel.

När nästa bil passerade räckte hon ut tummen för att markera att hon ville ha lift. Turen var med henne för bilen stannade och hon fick åka med en äldre, tystlåten herre till Örebro. Trots att resan tog bortåt två timmar pratade de inte så mycket. Så fort hon klivit in i bilen hade han sagt att han hade mycket att tänka på och därför inte var så pratglad men att han var tacksam över att ha sällskap i bilen. Det passade Kessa alldeles utmärkt. Hon behövde tid för sig själv och sina tankar och njöt av att få sitta i sin egen bubbla och se de välbekanta landskapen försvinna bakom henne.

30.

Johan sprang och sprang.

Jävla skit! Jävla, jävla skit!

Han hade verkligen inte sett det komma. Allt hade ju varit under kontroll. Så plötsligt föll allt som dominobrickor.

Han tänkte först springa efter Lea men ångrade sig när han såg henne stå mitt i gatan och kyssa Niklas.

Den jävla förrädaren!

Snabbt ändrade han sin plan, slängde av sig förklädet på marken och gav sig av. Gästerna kunde fara åt helvete. Det spelade ingen roll nu. Han kunde inte gå tillbaka in dit. Han fixade inte att ta hand om allt själv. Framför allt orkade han inte med några fördömande blickar eller kommentarer.

Folk dömer så snabbt. Ingen undrar hur jag har det. Nu handlar allt om stackars Lea. Stackars Lea som inte generar sig för att hångla med Niklas.

Någon idiot stod mitt på trottoaren och glodde så han fräste något till honom när han gick förbi. Egentligen ville han klippa till honom. Få ut lite ilska ur kroppen. Men han hade inte tid. Han hade bråttom. Han ökade takten tills han sprang genom staden.

Väl framme kände Johan försiktigt på dörren som var upplåst. När han låste bakom sig hörde han brus från duschen. Så klart. Hon hade varit helt nersölad av öl. När duschen strax efter stängdes av stod han kvar en stund i mörkret i hallen, tänd av det faktum att han var i hennes lägenhet utan att hon visste om det. Han smög sakta mot badrummet och såg Anna stå naken framför spegeln.

"Åh vad du skräms. Jag hörde inte att du kom." Men känslorna övergick snabbt till irritation. Rakt på sak sa hon åt honom att hon inte längre var intresserad. Att hon ville att han skulle gå. Nu.

Han lyssnade inte utan drog in henne i sin famn och försökte kyssa henne. Hon vänder bort huvudet och ålade sig ur hans grepp.

"Men sluta konstra nu, kvinna", röt han till och tog ett hårdare tag om henne. "Det är du och jag nu. Bara du och jag. Så visa lite jävla tacksamhet."

Hon visste inte var krafterna kommer ifrån men hon lyckade krångla sig loss, putta honom ifrån sig och gå ut i rummet.

"Jag är inte intresserad. Jag sa ju att jag sökte efter kärleken. Nu har jag hittat den. Jag vill inte ha dig." Hon vände sig om och såg på Johan som ställt sig i dörröppningen till badrummet. "Jag vill att du går nu."

Så vände hon honom ryggen, gick in i sovrummet, tog fram en ren handduk som hon snabbt torkade kroppen med innan hon snodde den rund sitt våta hår. Det var alldeles tyst i lägenheten.

Har han gått?

Hon gick för att se efter. Men han stod kvar i dörröppningen till badrummet och tittade på henne. Eller snarare stirrade.

Det är fan något fel på honom.

Det var allt hon hann tänka innan han var framme vid henne och gav henne ett slag med knytnäven i magen så hon vek sig dubbel och tappar luften. Han drog upp henne med ett grepp om hakan och gav henne en hård örfil innan han puttade ner henne på sängen. Han var snabbt över henne, särade på hennes ben och trängde in. Anna gav upp och lät honom fortsätta. Han gjorde henne illa men det var ändå uthärdligt och ganska snabbt var det över.

Han låg helt stilla bredvid henne så länge att hon undrade om han somnat. Men så öppnade han ögonen, såg på henne och frågade om hon hade vin eller sprit hemma. Hon tänkte genast på flaskan med konjak som låg i hennes ryggsäck, men svarade att hon inte hade något. Det enda hon ville var att han skulle gå. Hon hade faktiskt andra planer. Men hon sa inget om det till honom.

"Jag behöver några glas vin. Du kanske också vill ha?" Han tittade faktiskt vänligt på henne. "Jag måste dra till restaurangen och stänga. Men jag är snart tillbaka och jag kan ta med mig därifrån. Vill du ha något särskilt?" Han såg förväntansfullt på henne.

"Jag skulle verkligen vilja ha en pizza. En vesuvio. Du gör ju världens godaste vesuvio." Hon log sitt charmigaste leende medan hon tänkte att det skulle ge henne lite extra tid.

"Och rödvin. Men faktiskt några öl också. Om det är okej, alltså."

När Johan såg Annas leende kände han hopp mitt i allt elände.

Hon är fan min. Och hon är fin.

Han kysste henne mjukt och känslosamt.

"Snygga till dig. Jag är snart tillbaka." Han reste sig plötsligt och drog på sig kläderna.

När dörren slog igen efter honom skyndade sig Anna upp och tvättade av sig igen. Hon bättrade på sminket och drog håret på plats med fingrarna. Det lämnades att torka under cykelfärden ut till torpet. Håret blev som bäst om det fick torka utan krusiduller. Hon hittade snart nya, rena kläder som hon drog på sig. Så packades ryggsäcken med extra trosor, plånbok och flaskan med konjak. Efter en sista koll i spegeln var hon iväg.

Väl framme vid mannens slutstation släppte han av Kessa vid en bensinstation söder om Örebro eftersom han var övertygad om att det var en bra plats för henne att få vidare lift. Han lyste upp när Kessa tackade lite extra översvallande för liften. Hon vinkade efter honom samtidigt som hon funderade över var det var mest strategiskt att ställa sig för att få lift söderut.

Är det smartast att stå kvar här nära macken så jag kan fråga bilförarna eller är det smartare att ställa sig längre ut på avfarten så bilarna på motorvägen också ser mig?

När hon krängde på sig ryggsäcken för att gå längre ut på avfarten fick hon syn på en man. Det såg ut som om han varit på väg in i sin bil och sedan plötsligt fryst i en position där han bara stod och tittade på henne. Utan att hon egentligen visste varför hissnade det till i hennes mage. Mannen vaknade till och började vinka henne till sig samtidigt som han gick mot henne.

"Do you need a lift?"

Kessa konstaterade att han såg bra ut. Lång, stadig typ med mörkt, kort hår. Han bar ett par slitna jeans, en mörkblå tjocktröja och en randig, färgglad halsduk.

"Yes I do." Han hade kommit fram till Kessa som nu kunde se att han hade mörkblå, vänliga ögon.

"What is your destination?"

"Maybe Berlin. But I´m not sure. What is yours?" Mannen log världens varmaste leende och Kessa formligen smälte.

"I am on my way home. To Holland."

"I´m on my way from home. Holland sounds like a good start."

Kessa blev förvånad över sitt eget svar. För ca två timmar sedan hade hon suttit hemma i lägenheten och allt hade varit som vanligt. Och nu var hon plötsligt på väg till Holland. Mannen verkade nöjd med hennes svar och sträckte sig efter hennes ryggsäcken.

"Let me help you."

Och hon lät honom mer än gärna. Han slängde in ryggsäcken

i bagageutrymmet på hans kombi. Baksätet var nerfällt och bilen var fylld med tält, sovsäck, matboxar och tusen andra prylar. Han öppnade artigt dörren för Kessa på passagerarsidan och stängde den också efter henne när hon satt sig tillrätta.

Vad gulligt.

Kessa kunde inte erinra sig att hon någonsin tidigare varit med om det. När han också satt sig tillrätta, startat bilen och påbörjat färden söderut berättade han, som hette Jacob, att han varit i fjällen. Fantastiskt men lite ensamt. Han fascinerades av de öppna vidderna ovanför trädgränsen och berättade att det var nästan samma känsla som han brukade få i öknen. En stillhet, en öppenhet, en oändlighet... Han hade svårt att hitta de rätta orden på engelska så han gestikulerade med händerna för att försöka visa vad han menade.

Kessa attraherades genast av hans varma entusiasm. Hon nickade förstående och fyllde i med engelska ord när han inte hittade dem. Det gjorde honom ännu mer entusiastisk att hon lyckades klämma till med de ord han famlade efter. Att prata med någon som förstod så precis vad man menade.

Så frågade han om Kessa. Vem var hon? Vart var hon på väg?

Orden rann ur henne som vatten ur ett överfullt badkar som någon glömt att stänga av. Hon berättade om det för trånga livet och om längtan efter äventyr. Om drömmar hon nästan glömt att hon hade. Samtalet blev allvarligare men inte mindre intensivt. Han var en god lyssnare och ställde nya frågor som ledde dem vidare. Han kastade många blickar på henne och de varma, blå ögonen gjorde henne glad.

Så berättade han mer om sig själv. Om resor till fjärran länder. Om spännande möten långt hemifrån. Om stormiga bergstoppar och stilla stränder. Timmarna gick och framsätet på en Ford Fokus var plötsligt centrum i världen.

129

32

Restaurangen är tom när han kommer tillbaka. Han var beredd på det värsta men allt ser lugnt ut. Det ligger till och med pengar på några av borden.

Tänk att folk är så ärliga.

Han hade närmast väntat sig att stället skulle vara trashat eller i alla fall att folk skulle ha plockat med sig lite av vad de hade lust med. Men med en blick på vinförrådet i köket konstaterar han att det verkar orört.

Ugnen är fortfarande på så det tar inte många minuter för honom att förbereda två pizzor, öppna ugnsluckan och fösa in dem i ugnen med vana rörelser. Medan han väntar på att de ska bli klara plockar han undan i köket. Han orkar inte diska nu men vill i alla fall inte att ingredienserna ska stå framme och bli förstörda. När han är klar med det tar han fram en kasse som han fyller med två rödvinsflaskor och ett gäng öl. När pizzorna är klara lägger han dem i varsin pizzakartong, stänger av ungen, släcker, låser och beger sig tillbaka till Anna.

Långsamt börjar det som hänt sjunka in i honom. På ett sätt känns det för jävligt men på ett annat sätt känns det skönt och befriande. Som om det var oundvikligt. För nu ser han att Anna passar honom bättre än vad Lea någonsin gjort. Hon förstår vad han vill ha. Hon förstår vad en man behöver av en kvinna. Att han känt förakt för henne innan är helt och hållet Leas fel. Det är hennes förutfattade meningar om allt och alla som smittat av sig på honom. Men nu ser han klarare. Han inser hur mycket Lea har påverkat och styrt honom utan att han märkt det. Så mitt i allt är han glad att han nu är fri från Lea och kan ägna all sin uppmärksamhet åt Anna. Hon kanske till och med kan jobba med honom nu när Lea och Niklas är ute ur leken. Anna kommer aldrig mota bort honom om han vill ha en snabbis mot bakbordet. Tankarna far iväg med honom och bilderna av vad han kommer göra med Anna på restaurangen ger honom stånd så han skyndar på stegen.

Han hinner undra varför det är mörkt i hennes lägenhet innan han möts av en låst dörr. Ingen öppnar trots att han håller dörrklockan intryckt. Han vägrar att släppa taget för han tänker att om han bara fortsätter ringa på så kommer hon att öppna.

Hon leker bara med mig. Hon leker med mig för hon vill att jag ska straffa henne. Ett hårt och strängt straff.

Sedan ska de äta pizza, dricka vin och ha de hur bra som helst.

Men först måste hon öppna…

Hans tumme trycker fortfarande in ringklockan när han hör ett fönster öppnas ovanför Leas lägenhet. När han tittar upp ser han en gammal dam med grått hår och stora glasögon. Hon harklar sig innan hon säger:

"Hon är inte hemma. Hon tog just cykeln och åkte iväg. Hon kanske bara skulle åka och handla något. Men hon är inte hemma nu i alla fall. Jag såg henne själv för jag har suttit här vid fönstret några timmar nu. Har inte så mycket annat för mig. Hon är fin den där tjejen. Men sorglig på något vis. Och nu har hon åkt iväg. Ja, vem vet när hon kommer tillbaka."

Johan stirrar på den gamla damen som maler på utan så mycket som en andningspaus.

"Jag kan hälsa henne från dig eller så kan du sätta dig och vänta. Men sluta ring på dörren. Hon är inte där så det gör ingen skillnad. Ingen kommer att öppna. Men kanske kommer hon snart. Ja, ja vad vet man." Plötsligt har damen pratat klart och drar in huvudet och stänger fönstret.

Johan släpper ringklockan men blir stående och stirrar på dörren.

Vad fan, jag orkar inte!

Så vrålar han rakt ut. Han vet inte var styrkan och förtvivlan kommer ifrån. Han vet bara att det måste ut ur hans kropp på något sätt annars kommer han att sprängas. Han vrålar och vrålar och plötsligt svingar han kassen med vin och öl mot fönstret i Annas lägenhet. Fönstret i det närmaste exploderar och glaset smulas till små, små bitar som faller till marken eller in på köksgolvet.

Efter smällen sipprar all energi ur Johan. Fortfarande med kassen i handen sätter han sig i trappan upp till Annas dörr. Han kikar ner i kassen. Vinflaskorna är krossade och rödvin sipprar ur kassens botten som fått några hål vid smällen. Johan fiskar upp en burk öl som verkar vara intakt. Den skummar rejält när han öppnar den men så snart det lugnat sig tömmer han nästan hela burken i ett svep.

Han blir sittandes där en bra stund och dricker systematiskt upp de burkar som klarat sig trots smällen mot fönstret. Johan är inne på sin fjärde öl när polisbilen sakta glider in framför honom. Han gör inget motstånd när de sätter honom i baksätet.

33.

Cykeln glider snabbt och fort på väg genom staden. Kvällen är på intåg och den kalla septemberluften får det fuktiga håret att sända kalla ilningar på hennes huvud och ner längs nacken. Hon undviker de flesta vägar där hon kan tänkas möta Johan men tar ändå en risk när hon åker till korvkiosken. Det har slagit henne att det kanske skulle vara smart att ta med några burkar läsk.

Men vad passar egentligen med konjak?

Medan hon glider in mot kiosken, hoppar av cykeln och lutar den mot en gatlykta funderar hon på läsksort. Cola duger väl till det mesta, tänker hon och så får det bli.

Hon nickar igenkännande till sin gamla klasskompis som står i kassan innan hon beställer fyra burkar coca-cola av henne. Medan hon betalar och packar ner burkarna i ryggsäcken börjar den gamla klasskompisen babbla. Hon förstår först inte vad hon pratar om men samtalet blir snart väldigt obehagligt.

”Vilken snygg kille Kessa har träffat. Eller älskare, som hon själv sa. Det trodde man inte om henne. Jag ska erkänna att jag faktiskt undrat om hon är flata. Fast säg inte det till henne. Men skenet bedrar ju ibland, eller hur? Och han verkade ju helt galen i henne.” Tjejen i korvkiosken är helt uppeldad över ämnet.

”Vad menar du?” Anna förstår verkligen inte vad hon pratar om. Kessa har ju inte haft en kille på evigheter.

”Du behöver inte spela. Hon berättade allt för mig. Att den där snygga killen är hennes älskare för hon orkar inte med något riktigt förhållande. Bara knulldelen alltså. Och man kunde ju se på dem att de var kära ... eller vad man nu ska kalla det. Jag menar, han kunde varken hålla händerna eller tungan från henne. Och de brydde sig inte om att jag såg.” Hon himlar med ögonen för att krydda på historien lite extra.

”Jag fattar ingenting.” Anna är helt ärlig men den andra kvinnan tror fortfarande att hon bara spelar.

”Anna, kom igen nu. Hon berättade ju för mig. Hur skulle jag annars kunna veta? De verkar passa så bra. Synd att de inte är ihop på riktigt. Ja, du förstår vad jag menar. Han verkade så kär i henne.

Men jag förstår ju om hon inte orkar med honom. Man har ju förstått att konstnärer kan vara lite knepiga. Eller hur?"

"Konstnär?" Anna hajar till och börjar ana ugglor i mossen.

"Ja just det. Sluta nu Anna. Jag vet ju att du vet. Mörk och skäggig och världens utstrålning. Från Stockholm. Jag kommer precis ihåg hur han ser ut för de var här igår."

Plötsligt kan Anna inte höra mer. Hon ser kvinnans läppar röra sig men hon förstår inte. Det är som om världen blivit alldeles tyst.

Jag orkar inte.

Anna vänder sig och går mot cykeln. Den gamla klasskompisen tystnar och tittar med undrande min efter henne. Men Anna har varken förmåga eller lust att bry sig om det. Hon är fullt upptagen med att få upp ryggsäcken på ryggen och hålla ihop alla delar av kroppen. Det känns som om hon ska gå sönder. Det är svårt att tänka och svårt att förstå hur hon ska ta sig från den här jävla korvkiosksjäveln. Men hon lyckas ta sig upp på cykeln och trampa iväg. Färden går ut från staden, som planerat, för hon vet inte vart hon annars ska ta vägen. Att åka hem är inte att tänka på.

Tårarna börjar rinna där hon cyklar, fortfarande i riktning mot Gabriels stuga. Hon har svårt att andas och hela kroppen känns plötsligt helt svag och kraftlös. Benen börjar darra vilket gör det svårt att cykla. Hon försöker att bara koncentrera sig på tramptagen.

Vänster, höger, vänster, höger. Ett, två, tre, fyra….

Tankarna susar i hennes huvud och det känns som om hon håller på att tappa greppet om allting. Sminket hon så omsorgsfullt lagt suddas ut av tårarna och skapar mörka ränder på hennes kinder.

Någon kilometer innan Gabriels stuga viker hon av in på en liten landsväg som leder till en sjö som hon ofta badat i som liten. Vägen är så gott som igenväxt så hon får koncentrera sig på att ta sig fram mellan grenar och grästuvor. När hon till slut får syn på sjön slänger hon cykeln i gräset och sätta sig på en sten för att gråta djupt och förtvivlat.

Sorgen är enorm. Det känns som om hon tappat taget och bara faller och faller ner i ett stort mörker. Längre och längre ner. Tårarna rinner ohämmat och hon torkar sig med tröjärmarna som snart blir helt våta. Näsan täpper igen helt och hon famlar desperat

134

efter en eller annan kvarglömd servett eller pappersbit i ryggsäcken. I ett av facken hittat hon till slut en bit toalettpapper som hon redan snutit sig i en gång för länge sedan. Men det spelar ingen roll nu så hon snyter sig igen och igen tills papperet är så fullt med snor och tårar att det hotar att rinna ut mellan hennes fingrar.

Efter en stund lugnar sig de värsta hulkningarna och en känsla av total uppgivenhet lägger sig över henne. Hon tittar ut över sjön som börjar mörkna. Skymningen är i antågande.

Kroppen skakar till i en rysning. Av fåfänga är hon för tunt klädd igen. Tanken var att hennes skönhet skulle ta Gabriel med storm när hon anlände till stugan med lång svart kjol och urringad tröja över ett lila linne. Linnet hon valt har också djup urringning för att framhäva hennes smala hals som hon vet att många män tycker om då det lyfter fram en skör kvinnlighet hos henne. Tröjans kanter är fulla av tårar och det känns kall i septemberluften. Tack och lov att hon bestämde sig för att ta sjalen i sista minuten. Den är gjord av bomull och inte särskilt varm men ändå bättre än ingenting.

Stenen hon sitter på kyler outhärdligt på rumpa och lår. När hon reser sig för att komma undan den värsta kylan kommer hon plötsligt ihåg att hon har konjak med sig. Hon plockar fram flaskan ur ryggsäcken och går ut på bryggan. Den kränger till rejält när hon kliver ut på den men hon balanserar ändå nästan längst ut innan hon sätter sig, skruvar korken av flaskan och sätter den mot munnen. Konjaken värmer i strupen och ner över bröstet. Hon låter klunkarna snabbt skölja ner i henne.

Hur hon än vrider och vänder på det förstår hon det inte.

Hur och när fick Kessa ihop det med Gabriel?

Inget av de scenarion som spelas upp i hennes tankar verkar särskilt troligt. För Anna är det både helt obegripligt och fruktansvärt smärtsamt.

Kärleken är tydligen inte till för dem som mest behöver den.

Hon drar i sig ytterligare ett par klunkar av den starka drycken. Så kommer en ny våg av sorg. Som ett slag i nacken. Den kommer så plötsligt att hon inte hinner värja sig. Hon ylar rakt ut. Ett starkt skri av förtvivlan från hennes allra innersta. Tårarna börjar flöda

135

igen. Så dör skriket ut och kroppen drar ihop sig i tyst smärta. Hon reser sig från sittande till knästående och när kroppen drar ihop sig igen faller överkroppen framåt och hennes huvud slår i bryggan. Så blir hon stående en lång stund, med kroppen guppande i tysta hulkningar.

När de värsta vågorna dragit över henne reser hon överkroppen och sträcker sig efter konjaken som hon ställt ifrån sig. Hon dricker klunk efter klunk och slutar först när hon känner en kväljning. Så väntar hon en stund medan reaktionen lägger sig innan hon fortsätter dricka. Efter tredje gången sätter hon flaskan på bryggan och inväntar den bedövande fyllan.

Skymningen kommer krypande och hon ser att det är fullmåne. Den lyser starkt gult trots att det fortfarande är någorlunda ljust.

Ensam. Som alltid. Och månen är den enda som vet.

Så går tankarna en loop igen. Samma varv som innan. Hur och var hade Kessa och Gabriel träffats? Varför hade inte hon fått veta? Tankarna skär som knivar i henne. Om och om igen. Hon förstår inte varför Kessa, eller Mari för den delen, inte har berättat. De är ju bästa vänner. Inte för att Anna berättar allt för dem. Men det beror ju på att hon inte vill att de ska veta om allt skit som händer henne. Dels för att hon inte står ut med Kessas sorgsna varför-kan-du-inte-bara-lyssna-på-mig-blickar men också för att det ibland känns som om de dåliga sakerna faktiskt inte har hänt om hon inte pratar om dem. Samtidigt vet hon, med oåterkallelig smärta, att de faktiskt har hänt. Annars skulle hon inte sitta här, ensam och kall, mitt ute i ingenstans.

För första gången i sitt liv tänker hon nu igenom de gånger som det inte gick som hon ville. Det är som om de minnen hon sprungit och sprungit för att slippa nu är ikapp henne och hon är oförmögen att springa mer. Det är klart att minnesbilder dykt upp i henne då och då när hon för någon sekund sänkt garden. Men inte värre än att hon kunnat glömma det igen genom att dricka lite extra mycket vin eller tänka att det gamla är bakom och istället fokusera på en ny man som med största sannolikhet är den stora kärleken. Oftast både och.

Men den här kvällen på bryggan kan hon inte låtsas mer. Hon kan inte längre förneka att det gör vansinnigt ont att minnas när hon föll som en fura för en man på genomresa och det enda han gjorde var att tvinga till sig en avsugning i parken innan han försvann ut ur hennes liv för evigt. Eller när hennes gifta älskare tog med en kompis på deras dejt och innan hon hann bestämma huruvida hon var med på det hade hon sex med två alldeles för påstridiga och uthålliga män. Minnena hugger i henne som knivar. En del med tydliga minnesbilder och andra mest som kvävande moln av känslor. När det blir för outhärdligt sträcker hon sig efter flaskan igen.

Hon vet inte om det går bara minuter eller hela timmar. Men långsamt stillnar det i henne. Uppgivenheten har inte lämnat henne. Men den har fått sällskap av en slags lättnad. En lättnad över att hon faktiskt har kunnat tänka på det hon undvikit så länge.

Under tiden hon varit inne i sina tankar har hon nästan glömt hur kallt det är. Men att hon nu också är väldigt kissnödig går inte längre att ignorera. Det känns jobbigt med tanke på att hon nu hunnit bli riktigt ostadig. Men det pockar obarmhärtigt på och hon inser att hon måste göra något åt det. Hon tänker att om hon svalkar sig med lite vatten från sjön så klarnar hon nog till. För som det är nu klarar hon inte att gå iland. Världen är för snurrig och bryggan för ostadig. Så hon kryper fram till kanten.

Månen speglar sig i det stilla, mörka vattnet. Hon ser en suddig bild av sig själv där nere, men det ljusa håret hängande som en man runt ansiktet. Hon sträcker sig ner efter en handfull vatten. Men vattenytan är längre ner än hon trott. Så hon får häva sig ut lite över kanten för att nå. Vattnet känns svalt och skönt på fingrarna. Hon vill sträcka ner handen ytterligare lite och det är då det händer. Hon har lutat sig för långt ut och tappar balansen. Innan hon hunnit fatta vad som är på väg att hända ligger hon i vattnet. Det blir en chock för kroppen för det är iskallt. I förskräckelse drar hon efter andan trots att hon är under vatten. Hon grips av panik när hon känner vattnet i strupen. Hon tar ett par desperata simtag. I stället för att nå ytan och den efterlängtade luften slår hon pannan i något hårt. Paniken blir starkare och starkare när hon inser att hon inte vet vad som är upp och ner. Vattnet värker i strupen och kroppen vill hosta och dra efter andan igen. Hon krafsar på det hårda, försöker lokalisera sig genom att se sig om. Men allt är mörkt.

Då plötsligt ser hon något. Det är ett ljus. Till en början väldigt svagt. Men ändå distinkt. Det växer snabbt och regnbågens alla färger fladdrar ut som en solfjäder framför henne. Så vackert. Plötsligt har hon glömt sin brådska till ytan. Hon vill titta på färgerna först. Ett ljud närmar sig också. Mjukt och harmoniskt. Lockande. Som små klockor som pinglar. Det känns bekant. Tryggt och fint. Så är tankarna borta. Kroppen är lugn och stilla. Vattnet är kallt men Anna fryser inte längre.

Niklas står i det mörka köket och tittar ut på månen. Han ler och känner sig inte längre ensam. För när han böjer på nacken fångar hans näsborrar upp doften av hennes hud. Han gömmer sitt ansikte mellan hennes axel och hals och hans armar ligger tätt kring hennes midja. Han känner den mjuka kroppen mot sin och lyckan svindlar för hans ögon.

Hur mycket han än hoppats hade han aldrig kunnat tro att hans kärlek till Lea var besvarad. När de tidigare på dagen varit på väg från restaurangen efter ett kaosartat uppbrott hade Niklas öppnat sitt hjärta och bara slängt ur sig hur mycket han älskade henne. I den stunden hade det mest handlat om att lätta sitt hjärta. Men reaktionen var överväldigande. Lea hade kysst honom när han deklarerat sin kärlek till henne. Trots det hade han haft svårt att tro på henne och tänkt för sig själv att hon haft svårt att se klart just då. Men efter deras första kyss, mitt i gatan, hade de gått till Niklas lägenhet. Från den stunden hade Lea pratat om hur fantastisk han var och hur hon först nu insett hur kär hon är i honom. Så när hon dragit det ett varv till samtidigt som hon såg honom djupt i ögonen hade han insett att det var sant. Efter det hade lyckan varit ett faktum för dem båda.

”Kom, vi lägger oss”, viskar Lea och tittar upp på Niklas. Och så blir det.

Timmar har passerat och de har ömsom pratat och ömsom vilat i tystnaden. På färjan mellan Helsingborg och Helsingör hade de stått en stund på däck. Vinden hade varit kall men uppfriskande. De stod tätt tillsammans och tittade mot ljusen på den danska sidan. Hans hand hade försiktigt snuddat hennes rygg när han frågat om de skulle passa på att köpa något i taxfreeshopen. Så gick de två, som just mött varandra, sida vid sida bland taxfreevarorna och diskuterade vad de eventuellt kunde behöva. Det blev cigaretter, läsk och godis. Det behövdes för natten skulle bli lång.

Åter i bilen som rullar mot dansk mark. Klockan är tio minuter innan midnatt och kvällsfriden vilar över Helsingör. Bilen kränger när de åker av rampen. Men de är snart på fast mark och rullar förbi den vackra, gamla stationsbyggnaden. De kör söderut och är snart på kustvägen mot Köpenhamn. Natten är mörk och Sverige glimmar farväl på andra sidan.

Kessa öppnar en tablettask och räcker ut den mot Jacob. Han öppnar sin hand för henne att ge honom en tablett. Det gör hon också. Men inte i hans hand. Hon tar en halstablett mellan tummen och pekfingret och sträcker den mot hans mun. Han ger henne en hastig blick och gapar leende. När hon känner hans mjuka läppar mot sina fingrar rusar blodet i henne. Hennes fingertoppar snuddar hans kind innan hon drar handen till sig.

Så får hon en idé. Det är helt vansinnigt, men hon kan inte låta bli att säga det.

”Res med mig till Berlin.” Rösten darrar till när hon uttalar orden.

Jacob ser på henne och ler sitt varma leende.

”What is that?”

I några sekunder samlar hon mod.

“Come with me to Berlin.”

Jacob ser på henne igen. Allvarlig, men med en mjuk blick. Så är hans blick åter på vägen.

”Sure. Absolutely.” Några tysta sekunder passerar. ”I actually have one more week of vacation.”

En vecka. Mycket kan hända på en vecka.

"That's great", log hon mot Jacob.

Mycket kan hända på en vecka. Och det bästa är att jag inte har en aning om vad.

Han missar färjan med bara någon minut. Bogvisiret fälls ner när båten glider från kajen och lämnar Amazonen ensam på bana 4. Han stänger av motorn, vevar ner rutan en bit och tänder en cigg.

Gud så skönt att komma ner till Frankrike.

Cilla hade sagt att det varit nästan 25 grader mitt på dagen idag. Man kan fortfarande njuta av en kaffe med avec i solen på torget. Fredde och Sanna är också där nu. Det var länge sedan han sett dem.

Måste köpa med en Aalborg från färjan så vi kan skåla och minnas den vilda tiden när vi var unga konststuderande.

Tydligen kommer också några tjejer från Portugal som ska stanna ett bra tag. Det kan bli spännande. Det känns verkligen bra att vara på väg till Cilla. Hennes ställe är enkelt men det är gott om plats och gästfriheten är enorm.

Han tänker igenom det som hänt de tre sista dagarna ännu en gång. Han har hunnit med några varv under bilresans gång. När han stod och såg efter Lea hade musten gått ur honom. Allt hade blivit så trassligt i Ludvika och han hade inte så mycket som tittat åt en pensel.

Det här funkar inte. Jag måste härifrån. Nu.

När han hade gått tillbaka till bilen och plockat fram sin mobil ur handskfacket hade han redan en plan. Medan han väntade på att mobilen skulle starta upp försökte han göra en beräkning på hur lång tid det skulle ta. När så telefonen hade vaknat till liv letade han upp Cillas nummer. Underbara Cilla som gått i samma klass på Konstfack. De hade blivit väldigt nära vänner och umgåtts det mesta av dygnet under studietiden. Sista året hade Cilla träffat en fransman och blivit stormförälskad. Fransmannen hade också blivit stormförälskad och kärleken hade hållit sig. Så sedan 10 år bor de i en liten by utanför Saint Tropez.

Cilla blev glad när hon hörde hans röst och ännu gladare när hon fick veta att han ville komma på besök.

"Vad underbart, Gabriel! Jag har längtat så efter dig. Jag ska säga till Pierre att börja laga en Coq au vin nu med detsamma så den hinner stå till sig tills du är här. Åh, vad vi ska festa, älskade vän".

Gabriel hade blivit riktigt varm om hjärtat när han hörde Cillas röst och framför allt hennes entusiasm.

Nu är han redan en bra bit på väg och den tråkigaste delen är avklarad. På andra sidan vattnet lyser Helsingör. Han drar ett bloss på cigaretten och känner både glädje och vemod. Han hoppas att Kessa hör av sig trots att han dragit utan att ta farväl.

Jag skickar ett mess och förklarar när jag kommer fram. Hon kommer att förstå.

I samma sekund plingar det till i hans mobil. När han halat fram telefonen och ser att det är från Kessa ler han stort.

När man talar om trollen.

Hennes meddelande är kort men informativt.

Berlin baby. Jag är på väg.

Han svarar genast.

Är glad för din skull, Berlin baby. You'll love it. Du hade kunnat åka med mig. Jag är också på väg. Hör av dig om du vill vidare till Frankrike sedan. Jag är på väg dit nu. Förklarar när vi ses. Och håll fingrarna från alla karlar nu (not). Du vet vem som är din slarvige konstnär haha.

Efter någon minut kom hennes svar.

Haha. Tack för inbjudan. Räkna med mig :-) Ska bara frigöra mig i Berlin först.

Gabriel ler fortfarande när han stoppar telefonen i jackfickan. Så tänker han vidare på sina dagar i Ludvika. Tre dagar som känns som en evighet. Tankarna på Kessa är avklarade och där finns nu en fortsättning på det ena eller andra viset. Så han flyttar tankarna till Anna. Det väcker mest dåligt samvete i honom. Han tänker att han måste ta det lite lugnare när han träffar nya kvinnor i fortsättningen. Inte vara så på. Känna efter om han verkligen är intresserad innan han slår på charmoffensiven. Men samtidigt vet han att det aldrig kommer att hända. Det är så fast förankrat i hans personlighet och han älskar att ta folk med storm.

Det svider till lite när Lea dyker upp i hans tankar. Det är den där känslan igen. Han drar ett djupt bloss på cigaretten och tvingar tillbaka den.

Det är nästan midnatt.